ANTES QUE SEQUE

MARTA BARCELLOS

ANTES QUE SEQUE

2ª edição

EDITORA RECORD
RIO DE JANEIRO • SÃO PAULO
2016

CIP-BRASIL. CATALOGAÇÃO NA PUBLICAÇÃO
SINDICATO NACIONAL DOS EDITORES DE LIVROS, RJ

Barcellos, Marta
B218a   Antes que seque / Marta Barcellos. – 2ª ed. –
2ª ed.   Rio de Janeiro: Record, 2016.

ISBN 978-85-01-10377-2

1. Conto brasileiro. I. Título.

15-26319

CDD: 869.93
CDU: 821.134.3(81)-3

Copyright © Marta Barcellos, 2015

Todos os direitos reservados. Proibida a reprodução, armazenamento ou transmissão de partes deste livro, através de quaisquer meios, sem prévia autorização por escrito.

Texto revisado segundo o novo Acordo Ortográfico da Língua Portuguesa.

Direitos exclusivos desta edição reservados pela
EDITORA RECORD LTDA.
Rua Argentina, 171 – Rio de Janeiro, RJ – 20921-380 – Tel.: (21) 2585-2000.

Impresso no Brasil

ISBN 978-85-01-10377-2

Seja um leitor preferencial Record.
Cadastre-se e receba informações sobre
nossos lançamentos e nossas promoções.

Atendimento e venda direta ao leitor:
mdireto@record.com.br ou (21) 2585-2002.

Para Zé e Lu, meus amores.

Sumário

Planta circular — 9
He or she — 17
Os momentos importantes da vida — 27
Não podia desperdiçar — 37
Redução — 45
Às avessas — 53
À revelia — 63
Questão de preferência — 71
A história da cabeleira de Bebeth — 81
Quase ela — 91
Dia da Mulher — 99
Bodas de porcelana — 107
Primeiro amor — 113
Catando a poesia no chão — 119
Contradança — 125
A estratégia — 137

Queima de arquivo   143
Para sempre na memória   153
À moda antiga   159
Tal o pai   169
Depois do Natal   175
Copacabana   183

Planta circular

Magnífico! Ponto nobre, reformado, salão em 2 ambientes, 4 quartos — sendo 1 suíte —, lavabo, banheiro social, copa-cozinha muito ampla, dependência completa, 2 vagas escrituradas. Sol da manhã e portaria 24h. Agende sua visita com nossos corretores.

Podem entrar, fiquem à vontade. Esse é o meu marido vendo o futebolzinho dele de domingo. Não reparem, a família está toda em casa. Aqui eu aumentei a sala, porque o quarto que fica depois era bem grande, vocês vão ver. Foi pra poder botar essa mesa de jantar, jacarandá maciço, herança de família. Não, não faz muito barulho. Esse primeiro andar é como se fosse o terceiro, porque tem o play e a garagem embaixo. Olha aqui, a janela é dupla. De tardinha, que é o horário do trânsito na rua, se você fechar, não ouve nadinha. Na Europa é assim, todo mundo tem vidro duplo, só que lá é por causa do frio. Aqui é o quarto de que falei. Esse é o meu filho mais novo com um amigo; Gabriel, dá uma licencinha pro casal ver. Não, eles já estão acostumados! Os armários são novos. Foi meu filho mais velho, que agora é arquiteto, quem planejou tudo. Foi o primeiro projeto dele. Tudo reformado três anos atrás! Por que estou vendendo? Ah, é que o Edgarzinho, meu filho arquiteto, diz que vai sair daqui, então quero ir pra um menor e comprar um apartamento pra ele com a diferença. Quer dizer, vou vender também um flat que a gente tem. Dá licença só um minutinho pra eu falar com ele. Edgar! Edgar, preciso entrar agora para mostrar o quarto. Bem, depois a gente vê, deixa eu primeiro mostrar o escritório. É o quarto que transformei em escritório. Ali é a suíte, podem ir entrando. Cabe uma cama king size. O banheiro foi todo reformado, parte hidráulica, tudo. Aqui tinha uma banheira. Coloquei um boxe bem grande porque não ligo pra banheira, mas isso depende do gosto de cada um. Dá para colocar de novo. Não, não tem closet, mas tem muito armário. Olha só, aproveitei cada cantinho. Aqui é a sapateira. Aliás, vou mostrar o roupeiro do corredor pra vocês. Edgarzinho, meu filho! Por favor, responde! Bem, a gente olha o quarto dele daqui a pouco. Filho, daqui a pouco abre essa porta, vai! Vamos ver a cozinha. A planta é circular. Se você quiser, fecha a porta da sala, e as dependências da casa ficam totalmente isoladas. Eu, por exemplo, participo de um grupo que joga buraco, cada vez é na casa de uma, e algumas delas nunca entraram nesta parte de trás. Privacidade total. Os armários da cozinha são de primeira. Tenho o telefone da loja que fez, eles fazem manutenção de qualquer coisinha. Não que já tenha precisado. Olha só o tamanho da área de serviço. Eu brincava que tinha comprado uma área de serviço quando comprei o apartamento, quatro anos atrás. Ao todo? No IPTU, são 180 metros quadrados, mas o Edgarzinho mediu 194, sem contar as vagas na garagem. Não, não são demarcadas, mas são todas livres, na escritura — vocês sabem como é raro encontrar garagem ampla na Zona Sul do Rio. Já, já vamos descer para ver. Só falta mostrar o último quarto. Vocês me dão licença um minutinho. Fernando! Se está no intervalo, por favor, vai lá conversar com seu filho, ver o que está acontecendo. Por favor. Bem, vamos descer para ver o play. Vocês me desculpem esse probleminha. Não sei se vai dar pra ver o último quarto, mas a foto está no site da corretora.

Resumo

A cirurgia bariátrica é considerada o tratamento mais efetivo da obesidade mórbida. No entanto, poucos são os estudos que avaliam o impacto dessa cirurgia em longo prazo. O presente trabalho se propõe a, com base em um estudo de caso e em resultados obtidos pelo corte retrospectivo utilizado por Adams *et al.*[1] no período entre 1994 e 2002, avaliar o risco de suicídio relacionado a obesos mórbidos submetidos à cirurgia bariátrica. Embora os resultados do corte mostrem que pacientes submetidos ao procedimento cirúrgico apresentaram uma redução de 40% na mortalidade por qualquer causa, foi evidenciado aumento da mortalidade no grupo-intervenção na categoria considerada "não doença", que inclui acidentes não relacionados a drogas, envenenamento por intenção

---

[1] Adams, T. D., Gress R. E., Smith S.C. "Long-term mortality after gastric bypass surgery". N. Engl. J. Med., 2007.

indeterminada, suicídio e outras causas não clínicas. De maior relevância para a Psiquiatria é o resultado de que a taxa de "mortes não causadas por doença" foi 58% maior no grupo cirúrgico, e como "não doença" foram considerados mortes por acidentes e suicídio. O primeiro ponto a se considerar, neste particular, é a inclusão do suicídio na categoria "não doença". O aumento da taxa de suicídio e de mortes por acidente no grupo operado pode ser atribuído a uma possível psicopatologia de base anterior à cirurgia, o que seria evidenciado a partir do estudo do caso de Edgar P.V., 27 anos, estudante de arquitetura monitorado por acompanhamento psiquiátrico durante sete anos, antes e depois da intervenção cirúrgica, sem êxito no controle do quadro depressivo do paciente. A explicação plausível levantada por este trabalho é a de que pacientes que procuraram a cirurgia apresentariam índices maiores de comorbidades psiquiátricas comparados aos controles, como descrito previamente por Sjostrom et al.,[2] o que tornaria o desfecho suicídio mais frequente no grupo cirúrgico.

---

[2] Sjostrom L., Lindroos A. K., Peltronen M. "Lifestyle, diabetes and cardiovascular risk factors 10 years after bariatric surgery". N. Engl. J. Med., 2004.

He or she

Mal acordou, Kátia foi avisada pela filha do meio: o motorista havia deixado um envelope pardo logo cedo, a mando de dona Paula Serra. Paula Serro, Kátia corrigiu. Estava cansada das fornadas da noite anterior. Teve de repetir um pão de ló que se desmanchou, sem falar no confeito de uma fazendinha inteira, os olhos já coçando de sono, mil vezes a galinha pintadinha. Mas correu para o envelope, curiosa.

Dentro, além do bilhete, outro envelope, este do laboratório. Lacrado. Jurava que estaria aberto, não acreditara na história de que só ela, Kátia, saberia. Bem, de certa forma estava acostumada a manter sigilo em seu negócio. Não eram poucas as clientes que recomendavam cuidados; nunca se sabe quando uma suposta amiga está disposta a copiar o tema da festa do filho. Mas aquilo...

Aborto, aborto, filho, aborto, filho, filho. Três e três, conta estranha. E agora os bolos, para ajudar a pagar natação e curso de inglês. Cliente não faltava. Só no boca a boca — nunca fez propaganda na vida. Verdade que o fato de Paulo Cesar trabalhar com vans escolares ajudava. Minha mulher é boleira, e das boas. Em fim de ano até recusava pedido, com jeitinho, para não fechar aquela porta. Que pena, não vai dar, e justo os 5 anos do Edinho, que praticamente vi nascer. Pena mesmo. Se tivesse falado com mais antecedência, quem sabe. Mas assim, em cima da hora... Claro que ninguém vai mudar a data de aniversário, casamento, por mais famosa que seja a boleira. Cake designer, nos Estados Unidos. No fim, dava para administrar a agenda e ainda fazer uma média nos aniversários das filhas, as três entre novembro e dezembro, às vezes aproveitando bolo do filho dos outros que tinha dado errado.

Antes de abrir o envelope pequeno, Kátia se sentou. Dada a seriedade daquilo, melhor nem comentar com Paulo Cesar sobre a encomenda, a fofoca boa demais para não se espalhar. Tentaria não falar com ninguém; o segredo seria só dela até o dia da festa, como dona Paula instruiu na primeira vez. Desconversaria se alguém perguntasse sobre o bolo — bolo fácil de fazer e bem pago só por causa do sigilo. Absoluto, para garantir a surpresa.

Abriu com cuidado e demorou a encontrar o que interessava. Em cima, Natália de Souza Leite Serro de Araújo, paciente, e lá no meio a informação pertinente. Sorriu. It's a boy, como foi com a princesa Kate. Pelo visto, a filha de dona Paula também tinha nome de princesa, comprido. Ia comprar o corante em gel importado, mais caro, e garantir o recheio perfeito. Talvez intercalasse azul-céu com azul-escuro, para aumentar o impacto quando cortassem.

O design da cobertura não seria sua criação. Já recebera tudo detalhado, em dois arquivos. Até o tipo de letra com que escreveria "He or She... open to see!", no terceiro andar do bolo, estava determinado. Depois descobriu que era imitação de outra festa daquele tipo, só que em Nova York, então os convidados não saberiam. Pelo que dona Paula comentou, a decoração da mesa, e de toda a festa, seria metade azul, metade rosa. Gender Reveal Parties eram o futuro, substituiriam os chás de fraldas; Kátia precisava começar a se familiarizar, porque seria o primeiro de muitos bolos, podia apostar. E foi por causa de seu espanto que acabou convidada para "passar por lá". Ver o portal da entrada onde os convidados dariam seus votos e formariam as torcidas, azul e rosa, e também o painel onde escreveriam sugestões de nomes. Festa com cerimonialista e tudo; gasto que daria para comprar um bom carro usado.

Mas dona Paula às vezes voltava atrás na simpatia. Parecia até arrependida do convite quando ressaltou que a festa não era para crianças, como se com medo de ela levar as suas. Até parece que levaria. Kátia sentiu subir de novo ao rosto aquele sentimento, o orgulho que temia qualquer hora não conseguir esconder, a vontade de dispensar metade das clientes, as mais esnobes, e que se danasse o curso de inglês das meninas. Ora, sua casa estava sempre cheia de bolos, doces e guloseimas; não precisava levar penetra para encher barriga e roubar bem-casados.

Mesmo assim, a curiosidade maior do que o orgulho, levaria o bolo e ficaria para a festa. Iria sozinha — ou melhor, só ela e o bolo.

Kátia chegava à festa com um bebê rechonchudo, de olhos grandes, e todas as mulheres aplaudiam. O bebê, com a bata bordada igual à do batizado real, se empolgava e tentava bater palminhas também. Ela o colocava ao lado do bolo e o fotógrafo dizia: vamos, esmaga! Kátia se ressentia: se soubesse que era um Smash the Cake não teria comprado o corante mais caro. Ela tentava encontrar dona Paula, explicar que o bolo para a sessão de fotos era de outro tipo, inclusive mais fácil de destruir. Aí percebia que havia se enganado de festa, levado o bolo e o bebê errados, mas ele já estava todo lambuzado de azul. E agora, e agora?

Não era para despertar curiosidade, mas a filha mais nova estava começando o curso de inglês e ficava procurando palavrinhas fáceis nos letreiros e nas embalagens para se exibir com a tradução. O He or She chamou sua atenção, daí veio a filha mais velha, e começaram as perguntas. Saiam daqui, me deixem trabalhar, e Kátia colocou o bolo na prateleira mais alta. Estava inquieta, dormira mal, e sua própria curiosidade sobre a festa da filha de dona Paula havia se transformado em mal-estar. De vez em quando, pegava o exame de sangue para ler de novo "sexo masculino", como se pudesse ter olhado errado. Ia à festa porque tinha que ir.

Nas três vezes em que ficou grávida e teve os filhos, Kátia soube o sexo durante o exame de ultrassom, que nem todo mundo. Mas sempre havia alguma possibilidade de engano. Tem certeza?, perguntou Paulo Cesar ao médico quando soube da terceira menina. Mas, no caso do exame de sangue, não restava qualquer dúvida, já na oitava semana de gravidez. Só se Kátia estivesse delirando e as letras não estivessem no papel. Estavam. He, azul--céu intercalado com azul-escuro, tudo camuflado por pasta americana bem branquinha e patinhos amarelos em glacê real.

Estava saindo para entregar o primeiro dos três bolos do fim de semana quando viu o motorista de dona Paula. Ficou aliviada: se ela mandara pegar o bolo, era porque não queria mesmo Kátia de convidada. Melhor assim. Não, seu Geraldo, não é esse bolo, o da dona Paula é outro, já vou pegar. Mas o motorista nem piscou e foi lhe estendendo um envelope branco. Não vai ter mais festa, não, baixou a cabeça, e Kátia achou que espatifaria o bolo do Homem-Aranha no chão.

"Kátia, por favor, destrua o bolo. E também aquele exame que lhe enviei antes. Jamais comente o conteúdo com ninguém. Não queremos saber o que seria. Entenda o nosso luto e aceite esta compensação por seus serviços." A caligrafia perfeita sobre papel-cartão com monograma da família, uma rubrica no lugar da assinatura, um maço de notas de cem reais.

Os momentos importantes da vida

A VIDA É uma sucessão de detalhes bem planejados, qualquer mulher sabe disso. São eles, os detalhes, que vão formar um todo harmônico, início meio e fim, ordenar e imprimir o efeito estético que se busca ao final. Acho graça quando alguém acredita que os acontecimentos agradáveis se deram espontaneamente. Se as madrinhas não fossem alertadas sobre as cores dos vestidos umas das outras, haveria repetições terríveis. Não se pode querer que todas estejam realmente magras, mas a monotonia deve ser evitada. É o básico. E não é fácil. Só a experiência ajuda a lidar com questões muitas vezes relacionadas a antigas competições entre amigas e a evitar constrangimentos ainda maiores. Quando duas delas optam pelo mesmo vermelho, há uma tensão por trás. É preciso suavidade no trato, mas também firmeza. Não se pode deixar para a noiva, com tantos afazeres e preocupações, o encargo de intervir.

E não basta ter sido madrinha dez vezes para saber como se obtém uma composição perfeita em cada uma das etapas, alinhavadas em uma narrativa única constituída de formas, atitudes e nuances, sem abrir mão da diversidade e do frescor do novo. O bom gosto vem da cultura e da vivência em sociedade, é fato, mas não sejamos ingênuos a respeito de improvisações. Mesmo a boa anfitriã só é confiante porque ensaiou muitas vezes — ensaios da vida real, nos quais todas as possibilidades se apresentaram e passaram a ser consideradas. Improvisar *dá errado*, é o que repito.

Quem julga nossa profissão uma futilidade não sabe o que fala. Ritos e cerimônias são fundamentais para eternizar os momentos importantes da vida. E os detalhes movimentam a economia, distribuem renda, incentivam a meritocracia. Um profissional mais atento sempre será valorizado pelo mercado: se for responsável por três ou quatro madrinhas, o maquiador deve prever discretas variações, convencer uma delas a um batom alaranjado, pois alguma ousadia é necessária para alcançar uma plasticidade mais contemporânea. Quem não quer o toque contemporâneo, por mais clássica que seja a família?

Mas sem improvisos, por favor. Padrinhos engraçados são ótimos depois das duas da madrugada, para animar a festa, não na hora dos cumprimentos no altar. Ali, a emoção é preferível à efusividade, e todo o acompanhamento musical é planejado nesse sentido. Para evitar imprevistos, há ensaios, cronogramas, planilhas e um batalhão de profissionais ágeis e invisíveis como eu.

Não tenho problemas em ser invisível; orgulho-me da discrição. Na minha área, os profissionais muito vaidosos não têm uma clientela de nível. Tento passar esse espírito para a equipe, mesmo que seja terceirizada. Somos um time. Na cerimônia e na festa, por exemplo, tem que se vestir preto fosco: é dessa forma que uma taça espatifada desaparece em segundos, antes que os convidados *registrem* o incidente.

Sim, aqui chegamos ao problema. O momento do incidente. Aquele que deveria ter sido imperceptível, ou apagado pela edição, pelo photoshop, pela memória. O instante em si. Tudo começa por ele não ter sido evitado ou contido da forma adequada, por mais atenta e profissional que seja a equipe envolvida.

Reconheço que sou perfeccionista, mas no meu trabalho isso não é defeito. Às vezes, ruminando em meu esforço para cumprir as seis horas diárias de sono, imagino descobrir um caminho para dar conta do instante do incidente, de maneira a transformá-lo rapidamente em parte de um passado ajustável. Mas não. O instante insiste em existir antes de ser varrido como vidro ou editado como filme. Fica grudado na memória. Pior: fica grudado onde não devia, na massa de vísceras e miolos e fluidos da qual somos feitos. Mesmo que tenha durado apenas segundos pelo tempo do relógio — se as duas mulheres estivessem usando relógios junto com as joias.

A culpa é do instante que gruda e que agora observo grudar em outro mais antigo, e mais outro, exatamente enquanto o flagro. Temo que um deles aconteça na cerimônia de amanhã ou de depois de amanhã, e não sei como evitá-lo. Porque, mesmo se eu não o flagrar, dias depois lerei no semblante da mãe da noiva, na entrega do último cheque, *Foi maravilhoso, foi lindo*, mas saberei dele, do desconforto. Talvez, para aquela mãe, um desconforto isolado não chegue a ser realmente perigoso, embora comprometa a nostalgia agradável a que tudo se propôs.

O problema é que bastam segundos para comprometer toda a proposta, segundos que poderiam ter sido contados no relógio, embora elas só estivessem usando joias. Ambas. De pouco vale o tempo cronológico quando se trata do incômodo que surge e desaparece, para retornar em seguida, num jogo perverso de esconde-esconde, até que percebamos o quanto já impregnou tudo e já faz parte de nós. Em vez do sonho realizado, o mal-estar que começa quando o cansaço da festa cede, mas a felicidade não se instala.

Primeiro, o detalhe que desponta sozinho, leve náusea, até voltar acompanhado de outro e mais outro, como se fôssemos estimulados a fazer um retrato falado, a reconstituir a cena de um crime.

A cena. Não reconstituída, mas filmada por uma espécie de câmera que sobrevoa o salão, como nos eventos esportivos. Como se fosse possível voar pelo salão, invisível, a pretexto de dar conta dos momentos importantes da vida.

A cena. As duas se engancham: a mãe do noivo e uma convidada sem importância. O punho desta congelando o abraço exagerado. Sim, o punho negro da mulher sem importância preso ao bordado de pérolas azuis das costas da mãe do noivo — ela, tão adequadamente altiva, como deve ser a primeira mulher no cortejo da igreja. O azul real que abriu a comitiva perfeita de cores e formas, todas praticamente magras, agora enredado. Ameaçado em sua integridade. Nenhum fair play dos homens vestidos de cavalheiros em seus coletes; não lhes ocorrem chistes bem empregados, nem saem dos bolsos internos instrumentos para desfazer o engano. A recepção mal começada e elas constrangidas, uma mais do que a outra. Os homens não conseguem desvencilhar o abraço cada vez mais impertinente; lembrar o recurso ensaiado, se algum tivesse sido planejado para a ocasião.

Porque a lágrima da noiva no altar — isso foi ensinado no primeiro ensaio — deveria ser enxugada pelo lenço do noivo. Mas não fora necessário. Já o abraço inadequado, quase impertinente, este meio abraço não deveria estar paralisando a festa em seu começo. Mas está. E todos estão destreinados nos papéis que lhe cabiam.

A mãe do noivo já é uma senhora e não gosta de abraços; tem altivez calculada, há anos, para fugir deles. A convidada é quase uma penetra, embora seu marido — & família — tenha recebido um dos seiscentos convites. Ele trabalhou por pouco tempo na firma do marido da outra, só foi convidado por fazer parte da "velha guarda"; sua esposa sabe, e por isso gostaria de ser neutra e elegante na festa, como se tivesse algum traquejo social.

O cavalheiro na posição mais acessível ao impasse se detém no exame da situação, sombreada por luz indireta. Profere o diagnóstico, com a ajuda dos óculos recém-atualizados: há de se optar entre a renda do punho ou o bordado de pérolas. *Sim, pode rasgar*, implora a convidada, mas é a pérola azul que cai ao chão. A mãe do noivo não se importa: pode enfim respirar, seguir adiante — não se importa, embora ainda tenha que desfilar o modelo Armani por quase todo o salão. Os convidados estrangeiros precisam se integrar, os efeitos do álcool ainda não começaram a abrir as simpatias, e agora ela se questiona se terá calculado corretamente a dosagem da medicação antes do casamento — exata para poder tomar as duas taças de champanhe programadas para a noite, mas insuficiente para aquele contratempo.

A mãe do noivo chama de contratempo desagradável não ter podido organizar o casamento da filha, que seria do seu jeito. Ama tanto o neto, mas preferia que tudo tivesse sido diferente. Quando os contratempos se acumulam e as viagens do marido se esticam, ela aumenta a dosagem por conta própria, o que gera um novo contratempo com o doutor Valentim, cada vez mais avarento com as receitas. Mas, esta noite, ela não pensará em nada disso. Depois de checar no banheiro o estrago no bordado, e se recompor, como sempre faz, continuará deslizando enlaçada por Georges, que ficou realmente muito bem sem o bigode.

A convidada sem importância precisa saber as horas, as do relógio. Assim que for apropriado, ela se esgueirará pelo punho do marido, intacto como o dela, e calculará quanto tempo até as primeiras despedidas no salão. Se ela ao menos tivesse apetite. Ou assunto com a outra esposa deslocada. Mas seu sorriso é sincero; ela sempre sorri quando não tem o que falar ou fazer, vem sobrevivendo de sorrisos desde a quinta série. Agora que a mãe do noivo partiu para outra mesa, outro grupo, ela pode voltar a ser apenas mais uma convidada sem importância.Sente-se aliviada por isso e por poder retornar a Ribeirão amanhã.

Se tivesse sido tirada, a foto da "velha guarda" da empresa do proeminente empresário Georges Moreira incluiria o sorriso sincero da convidada sem importância e esconderia a falha no bordado do vestido de sua esposa. No entanto, o álbum ficou sem o registro do grupo, por distração do fotógrafo.

Não podia desperdiçar

Pela folhinha, as chances eram poucas, mesmo assim Ana Paula não ia desperdiçar. Tratou de encaixar um travesseiro debaixo do quadril, barriga projetada pra cima, pernas flexionadas. Mauro tinha ido ao banheiro, sempre escapulia para o banheiro depois. Ela calculou no relógio: precisava de meia hora para ajudar os espermatozoides a subir útero acima em direção às trompas. Numa posição tão desconfortável, não podia fingir que estava dormindo se ele voltasse para cobrar o jantar.

A conta silenciosa não ajudava. Dificilmente estaria ovulando hoje. Perderam o melhor dia, Mauro estava viajando. Ela não falava mais, no entanto ele percebia suas intenções, a pressa em transar, não exatamente saudade. Uma tentativa extra não custava nada. O ciclo podia estar atrasado, e quantas mulheres engravidam quando tudo parece improvável, depois de anos de tratamento. A ansiedade aumenta os níveis de cortisol, dificulta tudo; quando elas finalmente relaxam, desistem, então engravidam. Precisava relaxar.

— Se não for desta vez, vamos tentar de novo, com outro médico, outra clínica? Talvez em São Paulo... — Era Mauro. Estava de bom humor.

— E se as brigas voltarem, a gente se estressar? Você vai ter paciência?

— Ran-ran.

"Ran-ran", baixinho daquele jeito, podia ser sim ou não. Dependia da entonação. Era a cara de Mauro se comprometer dessa forma. Mas era o suficiente. No dia seguinte, Ana Paula ganhou coragem e retomou o blog, depois de marcar a consulta. "Vamos tentar novamente! Pensamento positivo!" Sabia que estava se expondo. Muitas atrizes anunciavam seus planos para engravidar, podia até ser o gancho da matéria em algumas revistas. Mas ela exagerara, falava disso desde o marido anterior, sorte que os jornalistas eram outros ou não se lembravam. Aos 41 anos, era natural recorrer à fertilização in vitro; até Julia Roberts havia feito uma para ter seus gêmeos, embora não admitisse. Já Sarah Jessica Parker extrapolou: contratar uma barriga de aluguel, isso ela não teria coragem. No entanto, era preciso persistência. Ainda outro dia vira Brooke Shields na TV contando que fracassou em sete fertilizações antes de ter suas filhas. Inacreditável que tenha sofrido de depressão pós-parto quando finalmente conseguiu. Ela, Ana Paula, ia amar muito seu bebê desde o primeiro minuto, foi o que escreveu no blog. E deu enter sem pensar, sem perceber que, além de ter revelado a idade pela primeira vez ali, poderia ser descartada para um papel na novela por causa de uma gravidez incerta. Paciência. Era a emoção, o momento, não podia desperdiçar.

No caminho até o aeroporto, viu a praia lotada em pleno dia útil, o Baixo Bebê e seus paparazzi; imaginou-se ali, cabelos soltos, quase sem maquiagem. Durante a consulta, na clínica mais conceituada de São Paulo, com atendimento reservado para celebridades, teve que ouvir as malditas estatísticas de novo, agora piores. Além das chances reduzidas, a necessidade de testar os embriões para saber se teriam Síndrome de Down. Não, não se imaginava mãe de uma criança com Síndrome de Down.

— Você vai continuar falando do tratamento para todo mundo no blog? — Estavam voltando, no avião.

— Ran-ran — E Ana Paula conseguiu não falar mais nada.

Queridos, amanhã é o grande dia. Vou receber, em meu útero, meu bebê. Ele foi, sim, concebido em laboratório, mas já é um serzinho muito especial e amado. As chances de gravidez são de 20%, no entanto estatísticas parecem tolice quando se tem um sonho tão real quanto o meu na noite passada. Sonhei que estava com um barrigão! Como vocês sabem, sempre fui uma pessoa muito positiva e batalhadora, que conseguiu o que quis com muito esforço. Desta vez não será diferente e serei a mãe mais feliz do mundo! Torçam por mim!

Queridas e queridos, espero que entendam por que não escrevo mais todos os dias. Estou vivendo momentos de grande aflição. Às vezes me sinto totalmente grávida e confiante, mas em outras horas bate uma insegurança... Tenho rezado muito, feito repouso (mesmo sem recomendação médica), e nada mais resta além de aguardar. O teste de farmácia não adianta e ainda faltam três dias para o exame de sangue detectar se algum embrião se fixou no útero. Pois é, os médicos usam estes termos, embrião, fixação, e cá estou eu repetindo, pronta para comemorar, mas também para uma eventual frustração. Gostaria de agradecer as centenas (centenas!) de mensagens de apoio que tenho recebido! Quantos comentários fofos! Até uma cesta de frutas ganhei de uma fã muito querida. Sim, estou me alimentando bem!

Queridos, amanhã terei o resultado! Não sei como vou dormir esta noite!

Queridos amigos, como vocês já sabem, não foi desta vez. Passei os últimos dois dias chorando muito, e espero que compreendam a minha necessidade de reclusão. Deus quis assim, e Ele sabe o que faz. Quanto a vocês, meus fãs, é de vocês que vem a minha força. Nem sei como agradecer (impossível responder!) tantas mensagens carinhosas e de solidariedade. O blog bateu recorde de comentários!

Queridos, sim, eu vou tentar novamente! Há dificuldades na vida que nos ajudam a crescer espiritualmente, e esta será uma delas. Espero tê-los por aqui, compartilhando cada momento da minha jornada para finalmente ser mãe, a mãe que eu sempre quis ser, com a bênção de Deus!

Redução

Minha vida se encheu de alegria, Milena me diz, sorrindo sem mostrar os dentes. Não detém as meninas para eu poder alisar um cacho, lembrar como era, tudo tão macio, cabelos e pele de bebê. Minhas filhas não são perfeitas? Quando elas disparam, mostra-se aliviada por voltar ao drinque, finalmente uma amiga para lembrar os bons tempos. Percebo a inconveniência do comentário que quase fiz sobre o sotaque das meninas macaqueando as empregadas. Mas, como eu tinha reagido com uma gargalhada, a de shortinho azul continuou, na cozinha: Oxente! Eita ferro!

As gêmeas são louríssimas, cachos balançantes, bochechas rosadas, teriam saído de uma pintura renascentista não fossem o short e a camiseta, tudo da GAP. Uma babá para cada filha, uniforme destacando os braços fortes, e mesmo assim a mãe tem o olhar cansado. Quando ia ficar orgulhosa da saúde transbordante das meninas, que afinal ficaram gordinhas — que aflição, a fase da incubadora! —, uma delas desanda a falar como nordestina. O desconforto é atropelado pela agitação na sala, a conversa quase interrompida se apruma novamente, e ficamos sentadas enquanto as babás decidem se voltarão ao playground depois do lanche.

Um suspiro, e Milena parece lembrar que sou eu a visita; decide falar a verdade. Quando uma babá tira folga, mesmo revezando, é um inferno. Elas sentem falta, uma pirraça atrás da outra, o fim de semana parece que nunca vai acabar. Filho é a melhor coisa do mundo, claro, mas ela tem pensado muito no dia em que o médico avisou que dois embriões tinham se fixado, que atualmente é comum a redução, uma gravidez mais segura, para a mãe e para o filho. Penso nisso e choro, ela me diz, porque é um pensamento horrível. Milena tenta ler minha reprovação em algum gesto ou olhar, mas sabe que no fundo também sou uma mulher prática. Passamos juntas por algo assim na juventude, uma acompanhando a outra na clínica. Nunca mais tocamos no assunto.

É comum alguma depressão pós-parto, eu tento consolar, mas Milena observa que já se passaram dois anos. Se bem que a gravidez fora de fato difícil, praticamente dois meses deitada, enquanto as outras exibiam suas barrigas pelo shopping. Ela, que queria tanto curtir a gravidez. As coisas são diferentes depois que nasce... Eu ainda devia me recordar: o ritmo despropositado dos bebês. Com quantos anos está mesmo o seu filho? Dezenove, respondo, foi morar com o pai nos Estados Unidos. Eu já havia contado, mas Milena não se lembrava.

Dizem que as mães esquecem o cansaço, as coisas ruins dessa fase, assim como a dor do parto, que Milena nem chegou a ter. Ela que queria tanto. Antigamente se falava que Nossa Senhora passava a mão na cabeça da mãe e a dor era esquecida. Hoje — continua a me contar — descobriram um hormônio ligado às contrações do útero, a oxitocina, que provoca amnésia, veja você. Para tudo tem uma explicação. Por exemplo: essa cobrança de a mãe cuidar sozinha do bebê — e nisso foi bom ela ter tido dois, porque ninguém a condena por andar com babá.

É cultural. Em séculos passados, as famílias com condições financeiras deixavam as crianças com as amas, e tantas foram amamentadas e criadas assim sem que isso fosse um drama. Hoje temos medo dos traumas, achamos que o bebê julga a dedicação da mãe desde o útero, ouvimos música clássica durante a gravidez. Mas, antes, criança só era considerada gente a partir de certa idade, quando não tinha mais esse ritmo incansável.

Mal tenho tempo de concordar, porque é Milena a incansável. Emenda os raciocínios, ensaiou o discurso várias vezes e está feliz por proferi-lo. Mas quando ela afirma que no futuro não existirão crianças hiperativas, porque certamente haverá uma terapia depois que descobrirem o gene, e que ela própria conseguiu fazer o exame genético dos embriões para descartar duas ou três doenças, eu a interrompo. Acho um exagero esses diagnósticos de hiperatividade, digo. Criança é assim mesmo, tudo é uma questão de ter paciência, insisto. Talvez Milena tenha selecionado os embriões que seriam meninas lindas e louras, embora agitadas — cogito, mas não pergunto.

Ela gargalha esganiçado e se levanta para preparar outro drinque, dizendo que Nossa Senhora tinha passado a mão na minha cabeça, que já esqueci o quanto a maternidade é difícil. É um sarcasmo da parte dela, porque eu acredito em Deus. Não acredito em santo, não frequento igreja. Mas não adiantava falar, já tivemos discussões assim antes. Ela gostava de chocar os ouvintes em ocasiões sociais dizendo que é ateia, mas desta vez não há público, ninguém para elogiar sua boa forma física depois da gravidez de gêmeos, melhor corpo que de muita adolescente, e depois ela vai me contar sobre o personal que botou tudo no lugar.

Estou fora de forma e imagino que Milena tenha reparado. Sempre desejei ter um corpo magro, pelo menos um pouco mais de altura. Não sei por que não fiz a unha, não me preparei para o encontro com a amiga de colégio, e lá se vão trinta anos uma regulando a vida da outra: cor de esmalte, maridos, sucesso profissional, curvas. A rigor, eu já podia ter um neto, e ela ainda frequenta playgrounds e pracinhas. Se bem que, nesses lugares, só tem babá, as mães nem se sentem bem — elas, as babás, é que são donas do pedaço, ela comenta. Já era assim na minha época?

Era, eu confirmo. Babás são um mal necessário, ela cochicha com medo de a porta da cozinha estar aberta. Milena sabe que a partir de certa idade as meninas vão prestar atenção ao que as empregadas matracam. Imagina que ontem uma comentava com a outra sobre o morador do terceiro andar, deficiente visual, que teria cegado alguém em encarnação anterior para ter nascido daquele jeito. E o coitado ficou cego em um acidente. Mas Milena fingiu que não escutou. O problema de serem duas babás é que conversam muito e falam essas bobagens na frente das crianças. Mas já, já, sussurra de novo, vai ficar com uma só. Agora está em forma, não precisa ficar tantas horas na academia. E assim que passar essa fase de fraldas e papinhas pretende mudar a rotina.

Não me lembro mais de quando um bebê deixa de usar fralda e comer papinhas, tenho vergonha de perguntar, é como se eu fosse uma ex-mãe. Perdi a potência e o orgulho que só as mães recentes ostentam, como se o futuro da humanidade dependesse delas. Milena continua embalada, quer ser a melhor mãe possível, ela que queria tanto. Mas não perfeita, porque perfeição não existe — depois vão todos parar na terapia e culpar a mãe de qualquer jeito, essa cobrança é mesmo cultural. De qualquer forma, será uma fase difícil logo que demitir a babá, porque pretende dispensar a mais antiga, a mais querida, que uma das gêmeas deu para chamar de mãe, vê se pode uma coisa dessas.

Às avessas

Não sei pra que viver cem anos. Se tivesse com quem, ia comentar *que bobagem um assunto desses na TV*, só serve pra consolar as pessoas velhas que falam o tempo todo em morrer, do tempo que resta, essas coisas. Pelo menos duas vizinhas aqui no prédio são assim. Uma delas completa toda frase sobre o que vai fazer — mesmo se for na próxima semana — com *se Deus quiser, porque na minha idade nunca se sabe.*

Mas Silveira, que é como chamo o meu pai, não fala de morte. Não fala de nada, cada vez fala menos, só quando precisa mesmo, porque consegue quase tudo de mim com gestos. Por exemplo: ele inclina a cabeça em direção à cozinha, ergue um pouquinho a sobrancelha quando está com fome, e eu trago a bandeja. Isso tudo sem tirar o olho da televisão. Eu digo *Silveira, já vou trazer a sua comida e o seu remédio*. Como cheguei tarde do trabalho, ele está morto de fome, então esquento alguma coisa da geladeira. Mesmo cansada, não me importo, só não quero nessa hora da noite é desvirar roupa; o resto até distrai.

Só que não adianta ver a novela com o Silveira pra distrair, não adianta fazer sopa pra distrair, porque quando vou dormir desando a desvirar roupa. Nos sonhos, são pilhas de calças jeans, e agora tem uma moda de calça jeans skinny ainda mais difícil de tirar do avesso, então nos sonhos quase não tem blusa, que é só pendurar, pra Rafaela apanhar logo e livrar espaço. A pilha que não acaba é de calças e roupas de inverno, e no inverno o limite de seis peças por cabine não faz muita diferença, porque as mulheres saem com aquela montanha dizendo *não ficou bom*, e raramente, raramente mesmo, uma delas devolve alguma coisa no cabide ou do lado certo.

Aquelas meninas que ficam horas experimentando calça jeans, talvez elas vivam cem anos. Nem são tão mais novas que eu, mas se olham tanto no espelho — sempre olham a própria bunda no espelho grande do corredor — e parecem tão felizes que com certeza vão viver muito, apesar de nunca pensarem nisso. Talvez eu seja a única pessoa de 34 anos que sabe de verdade que um dia vai morrer.

Soube em dezembro do ano passado, faltavam poucos dias pro Natal. De lá pra cá, troquei a sopa por gelatina feita de véspera e biscoito. Não coloquei mais remédio na bandeja, e o ventilador de teto passou a fazer um barulho agradável na sala, que nem relógio. Ou então fui eu que comecei a prestar atenção aos barulhos e aos silêncios depois daquela noite, quando finalmente consegui chegar em casa.

Era sábado e eu nunca tinha desvirado tanta roupa na vida, porque a loja ficou lotada o dia todo, a fila do provador chegava a uns vinte clientes. Não que eu tivesse tempo de contar, porque além de tirar do avesso, separar, ajeitar, eu tinha que responder que *não, não estamos fazendo reserva de roupa*, que *outro tamanho só perguntando pra vendedora*, tudo isso contando o número que interessa, o de peças antes e depois de elas entrarem, porque na véspera dois alarmes tinham sido encontrados no chão da penúltima cabine.

Não gosto de ficar imaginando quem está querendo roubar, porque só quem julga é Deus, mas naquele dia eu pensava nisso, percebia as duplas de amigas se entreolhando na fila, o jeito que elas iam dar pra me enganar. Ninguém gosta de ser enganado, mesmo que a loja não cobre o furto de mim. Como a Rafaela não parava no provador — ela era chamada a toda hora pra ir ao estoque ver isso e aquilo —, todos os funcionários irritados com o movimento, as roupas amontoavam que nem nos sonhos. Depois que a loja fechou, fiquei uma hora tirando do avesso, arrumando, limpando, observando os estragos pra depois relatar. Foi só então que eu soube da chuva, porque no shopping a luz deixa a gente atordoada, parece que de propósito, pra ninguém pensar no céu ou no relógio. Mas só acreditei de verdade no tamanho da chuva quando apagaram um pouco as luzes dos corredores. Eu ainda estava no segundo andar, e a penumbra combinou com a chuva e com a noite que deviam estar lá fora. Quando saio do shopping, sempre tenho a sensação de estar descendo de outro planeta.

Fiquei duas horas debaixo da marquise, vendo a água subir, e mais uma vendo baixar. Só percebi o celular descarregado quando já estava sozinha — a multidão tinha arregaçado a calça e metido o pé na água. Hoje fico pensando como não vi a hora passar. Foi como se eu tivesse saído de um planeta e não chegado a outro. Talvez me sentisse descansando, porque mesmo em pé não precisava desvirar roupas nem tinha vontade de sair dali pra um domingo cuidando do Silveira.

Só que de repente fiquei com medo. Deu um pavor de preferir morrer. A chuva não machucava mais, porém estava tudo escuro e deserto. Pra onde tinham ido os ônibus? Eu precisava sair dali, e minha única lembrança de lugar talvez aberto era um botequim no quarteirão de trás. Com sorte, era daqueles que não fecham enquanto tem bêbado com dinheiro. Melhor bêbado do que chuva e escuro.

Na rua, a água estava pelas canelas, mas não havia correnteza e consegui chegar lá. As pernas e os sapatos pesavam, arrastando a água grossa. No bar aberto, o dono tirava a lama do piso com um rodo. Eu só pensava na mendiga que vi mijando no caminho, na calçada do outro lado, muito gorda, abaixando as calças folgadas, tipo pantalona. *Dá pra ficar aqui até amanhecer e os ônibus voltarem?*, perguntei, e o dono deu de ombros num *sim*. Com o dinheiro da passagem quase contado, pedi uma

Coca. Veio na garrafa de vidro, diferente do shopping, mais barata.

Coca-Cola tamanho família era o hábito antigo, de fim de semana, espécie de alegria pequena, coisa bem típica da mãe, mas espatifou naquele dia. Não, naquela noite. Talvez chovesse. O sangue, o acidente, *a mãe escorregou com a garrafa*, disse o pai que ainda era pai, e não Silveira. Isso, depois. Da hora, nunca tinha me lembrado direito. Porque os cacos no chão — *cuidado com os cacos*, a mãe sempre dizia — estavam espalhados, e eu, descalça. Só por isso não saí do lugar. Não podia sair. Do mesmo jeito que não podia mexer no fogão, *criança não mexe no fogão, é perigoso*. Fogão é perigoso. Mas o perigo não era o fogo nem o fósforo, era que a cabeça podia bater nele, bem na quina, com um safanão. E a garrafa podia espatifar, e os mil cacos confundiam tudo, porque só se podia olhar pro chão, pra não pisar neles, e não pro fogão nem pra cabeça sangrando da mãe, nem pros olhos do Silveira que ainda eram arregalados naquela época. E chovia.

Choveu a noite inteira, mas amanheceu com sol. Foi estranho passar pelo shopping fechado, domingo de manhã, tudo deserto e cheio de lixo. Pela televisão não dá pra sentir, mas depois de um desastre fica uma paz triste no ar. Eu tinha gastado o dinheiro da passagem, então expliquei o meu sufoco pro motorista, e os outros três passageiros também ficaram contando histórias da chuva. Alguém falou o número de mortos, atualizado.

As pessoas que não vivem cem anos morrem de desastre, violência, mas a principal causa de morte no mundo são as doenças cardiovasculares. A diabete vem logo depois. Isso também vi na televisão. Dificilmente alguém com pressão alta e muito açúcar no sangue vive cem anos, ainda mais se não tomar os remédios. Pra mim, está bom viver até os setenta, o que significa, fazendo as contas, ter mais uma vida dessas que eu já vivi. Dessas, não. De outro tipo.

Meus planos nem são tantos. Só sei que, quando mudar daqui, vou trocar de emprego. Talvez saia do comércio e vá trabalhar em casa de família. O salário é parecido, e, quando quero, cozinho muito bem — ainda novinha aprendi a lidar com o fogão; ao contrário da mãe, o Silveira deixava. Só não quero desvirar roupa. Nem preciso mais, depois de ter tirado o pensamento do avesso e descoberto que vou morrer, mas que ainda dá pra viver, mesmo que não sejam cem anos.

À revelia

Ela sempre soube que era má. Desde pequena, quando matava lentamente insetos no quintal da avó. No colégio, queria assassinar a professora de matemática a cada prova, fantasiava acidentes que deformariam a menina linda da classe, planejava torturas em garotos que riam de seu cabelo armado. Mesmo adulta, tinha fascínio por histórias de adolescentes americanos que saíam atirando em quem os incomodava na escola. Como devia ser bom poder ser mau, pensava. Mas não levava aqueles pensamentos a sério. E desconhecia o que vinha depois que se matava de verdade.

Na penumbra do quarto, sentia-se agora retorcida como a árvore que nunca conseguiu alcançar o sol. O estômago já doía de forma permanente. A dor de uma existência toda ela equivocada, predestinada a um papel perverso. Como não se dera conta antes? Era possível matar e também morrer em vida, e afundar-se na lama pegajosa da morte. Isso ela não sabia antes. Mas agora experimentava tudo, cada nuance, cada estágio subterrâneo do gozo da maldade. Mesmo assim, precisava sentir um pouco mais, não era suficiente ainda. Só que eles escondiam gilete, tesoura, tudo o que podia servir. E o remédio atenuava o sofrimento pelo qual tanto ansiava. Controlavam a quantidade de comprimidos tolamente, porque ela não podia morrer de verdade, sequer deveria dormir, precisava lembrar o tempo todo o quanto era má, e como era devastador ser má e morta ao mesmo tempo. Se ao menos os tapas no rosto fizessem algum efeito...

Arrastou-se ao banheiro e vomitou um pouco, mas baixinho, para que continuassem supondo que estava dormindo. O alívio depois do vômito incomodou-a. Achou melhor repassar as cenas de novo, como fizera na delegacia, o desprezo instalado nos olhos do policial, a voz pausada ajudando-a a lembrar os detalhes. Ela não poderia esquecer nada, nunca mais. Além disso, precisava dos detalhes para se sentir como antes do vômito.

A noite fora difícil. Alessandra inventara um pesadelo novamente; fazia isso sempre que recebiam visitas ao longo do dia, os elogios todos para o irmãozinho. Concluído o ritual da primeira mamadeira da noite, ela chegou a ter esperanças de dormir um pouco antes da próxima mamada. Suas pálpebras se fecharam, mas isso pouco significava, porque ela costumava trancar os olhos com força e mesmo assim manter-se alerta na cama. Alerta, mas com os pensamentos confusos. Visualizava as planilhas do balanço financeiro do terceiro trimestre e sobressaltava-se com erros, era preciso consertá-los antes de enviar o balanço à auditoria, com novos auditores ansiosos por deslizes para mostrarem competência. Mas de repente ela percebia que os números do balanço eram os mililitros marcados na mamadeira que seus olhos embaçados não conseguiam distinguir direito, e que vinha dando ao bebê apenas metade do leite recomendado pelo pediatra. Por isso os berros.

"Mamãe, tive um pesadelo", e ela achou que não ia conseguir dessa vez. Abriu os olhos. O marido ressonava compassado. Depois de recolocar Alessandra na cama e dar a última mamadeira ao bebê, ela começou a ansiar pelos raios de sol, que a deixavam acordada de verdade. Não via a hora de se livrar dos filhos, mas isso ela não disse ao delegado. A maldade da gente deve ficar bem guardada, para ninguém duvidar dela, achar um sentido, perdoar. Não queria ser perdoada, pelo amor de Deus, e percebeu como Deus sempre estivera longe de sua vida, apesar da infância dentro da igreja, dos avós tão católicos, Deus castiga, Deus ajuda, ele foi com Deus.

Mas a maldade não vinha do Diabo, vinha dela mesma, e a fazia esquecer coisas. "Mamãe, me leva primeiro ao colégio, quero trocar figurinhas antes da aula." Ela não suportava mais ouvir a voz de Alessandra, por isso largou-a logo na escola, e o silêncio no carro confortou e anestesiou tudo. Ela voltou a ser uma mulher bonita, executiva de sucesso, dirigindo seu carro espaçoso, e ficou feliz por ter trocado de bolsa, que absurdo comprar uma bolsa e deixá-la esquecida no armário.

Seu corpo implorava por café, e ela apenas visualizou os e-mails na tela do computador antes de se dirigir à copa do escritório. "Vai fazer calor hoje", alguém falou, e a dobradinha cheiro-de-café e comentário-sobre-o-tempo colocou tudo no lugar, como tinha sido com o silêncio no carro. Nem eram tantos e-mails assim para responder, ainda bem que passara a checá-los à noite no Blackberry, estaria bem informada na reunião da diretoria. Droga, esquecera os brincos.

A reunião não foi tão boa. Sentiu-se contrariada novamente por não terem contratado a auditoria que ela recomendara, e o pior foi monitorar o relógio para depois confessar o compromisso: "Tenho que pegar o bebê na creche e levar ao pediatra."

Sem brincos, mas de bolsa nova, ela marchava com firmeza no estacionamento, o carro no final de uma fila metálica reluzente ao sol. A bolsa era embalada no ritmo dos passos. Os brincos, não. Não havia brincos nas orelhas. Compridos, os brincos teriam parado de balançar, como aconteceu com a bolsa. Antes de estancar por completo, ela desejou que estivesse dormindo, um sono profundo finalmente, e que aquele pensamento fosse apenas mais uma de suas confusões tão comuns nos últimos dias. Mas não. Ficou paralisada no estacionamento deserto e prendeu a respiração, como se pudesse assim reverter o instante. Quem sabe iria acordar. Mas não. Seus olhos já estavam esbugalhados debaixo dos óculos escuros quando começou a correr, pernas que corriam sozinhas, frouxas e aflitas em direção ao carro.

Não se lembrava do momento exato de abrir a porta, nem se antes chegara a vislumbrar o vulto por trás do vidro fumê. Apenas o bafo quente saindo do carro, até que pudesse vê-lo, inerte, acomodado como um bonequinho no bebê-conforto — sim, seu delegado, um bebê-conforto. A cabeça pendia para o lado esquerdo. O grito dela foi a última tentativa de sentir-se boa, mas gritar tão alto era patético e inútil, isso ela sabia agora. Seus desejos de bruxa se realizaram. Não cabia o arrependimento, somente o horror, a confissão fria, foi minha culpa, minha tão grande culpa, e me deixem só, pelo amor de Deus. Deus castiga, Deus ajuda, ele está com Deus.

Ela queria apenas queimar no Inferno. Queimar por dentro. Sufocar no calor, lentamente. Pena que o Inferno não existe. Mas logo eles vão descuidar das giletes.

Questão de preferência

Olhando assim, uma velha como eu poderia ter a vida resumida a um prontuário: os dados pertinentes, aquilo que interessa ao diagnóstico. Mas o que os jovens de hoje não sabem é que segredos são guardados durante toda uma existência. Jamais estarão numa ficha médica, em um álbum de fotos, nem mesmo em diários e cartas — no tempo em que se escreviam diários e cartas. Qual família não tem um esqueleto no armário? A sua deve ter, mesmo que você não saiba. Quando a gente pensa que vai morrer e questiona se a vida pacata foi a melhor opção, aí o segredo vira um tesouro: dá vontade de deixar para alguém, escrever sobre ele, escolher um leitor, ver a reação. Porque eu espero, sim, que você tenha uma reação — e, por favor, não me decepcione. Escolhi você porque já conheço o seu segredo, e foi por acaso, não sou sua confidente. Mas de qualquer forma isso nos tornou cúmplices. Me fez lembrar que muitos segredos são acumulados ao longo do tempo, você está apenas começando a sua coleção. Mas, no fim, acabamos sempre elegendo apenas um, e o reverenciamos numa espécie de santuário particular, um altar só para ele, acendendo vela ou incenso. A adoração nos faz tão importantes quanto o nosso tesouro.

Para muitas mulheres, o primeiro segredo é um aborto, o filho que não quisemos. Para outras, um amor. O meu é uma mistura dos dois tipos, você vai entender depois. Antes vou ter que contar a história da minha vida, de forma resumida, prometo, porque sei que os jovens não conseguem mais se concentrar em nada. Meus netos só prestam atenção em mim se for para fazer piada, porque me tornei uma espécie de personagem caricata na família. Foi a forma que eles encontraram de conviver comigo. Eles nem sonham que tenho consciência dessas coisas, mas ter consciência é outro segredo. De certa forma, apropriei-me da personagem que criaram para poder tirar minhas conclusões sossegada, ver até onde eles são capazes de ir, observar como espectadora a vida que afinal me impuseram. Às vezes exagero no ruge só para fazer jus a essa velhinha patética na qual fui transformada.

Tive um grande amor que não foi o meu marido, mas isso ainda não é todo o segredo. Eu era muito, muito bonita, pena que não tenho uma foto aqui. Acho que só me casei com o Paulo por causa de sua figura imponente, seus olhos azuis, porque formávamos um belo casal. Ele, tão alto e sério, aquela distinção toda me caía bem; eu, usando saltos para chegar a seu ombro, saltos que ficavam perfeitos com as saias godês da época. Mas eu não tinha paciência. Era uma garota de 18 anos. Queria mesmo era continuar a ser paparicada pelo pai, que me colocava no colo, ele já um senhor, eu, a caçula e preferida. Vida pacata e boa de viver, só assim, na infância.

Mas eu já tinha 18 anos e uma inquietude, fogo mesmo, aqueles elogios todos para o meu desabrochar. Também era bom não ser mais menina, e não havia outra coisa senão casar. Parecia divertido. Voltei a ser pajeada, mas durou só até a cerimônia

— a lua de mel, aquele tédio. Aí entra um pouco a questão da memória. Tenho uma memória ótima, veja bem, mas você repete a história tantas vezes que, anos depois, quando quer retomar a verdade dos fatos, fica na dúvida. Para as minhas primas, contei o quanto Paulo foi romântico e atencioso na estação de águas, a ponto de eu sair de lá grávida. Engravidei logo na lua de mel!, era como eu resumia tudo. Não precisava falar mais nada, aqueles sorrisos pretensamente maliciosos de volta, eu era uma danadinha.

Já na gravidez pressenti que, depois daquilo, eu não ia poder ser mais nada. Na vida. Na vida que antes era toda minha, porque eu podia nadar no rio para me divertir ou colocar o vestido de fitas para ganhar elogio. Os galanteios nos bailes estavam apenas começando, e de repente tudo acabava. Eu, com tantos ângulos favoráveis, sabendo o melhor decote, parecia estrela de cinema. Mas a partir dali seria apenas a vida pacata, sem as vantagens da juventude nem da infância. E, ainda por cima, aquele bebê.

Foi no início da gravidez que aprendi a fazer a ambrosia, já no apartamento. Muita gente acha que o segredo da ambrosia é usar leite azedo. Puro engano. O leite tem que ser usado em estado perfeito.

Depois, é saber cuidar do ponto certo do açúcar e deixar cozinhar o doce o tempo inteiro sem mexer. Eu gostava que ficasse mais queimadinha, já o Paulo preferia amarela, por isso eu fazia do jeito dele. Porque o gosto da cozinheira é o que menos importa, com o tempo já nem sabemos a nossa preferência, tanta é a vontade de agradar.

Eu podia ter aprendido de vez que a minha preferência era a preferência dos outros, ter treinado isso. Facilitaria as coisas. Não me olhariam hoje desse jeito, mesmo eles, os netos, que não sabem de nada, mas parecem saber de tudo, como se o segredo tivesse passado de um para o outro na família sem precisar ter sido contado. Eu apenas mereço ser maltratada, e eles não sabem por quê. Alguém de fora, a namorada de um sobrinho ou neto, às vezes aparece numa festa de família e fica sem entender como todos podem ser tão ríspidos e debochados com uma senhorinha indefesa. Mas logo a namorada aprende e faz igual. Eu observo tudo, mas tenho que me fingir de tonta ou de velha — cada vez mais dá para me fazer de velha.

Ambrosia, não cozinhei mais. Todos eles já provaram, pelo menos uma vez, e pediram muito que eu fizesse de novo, então sei que nunca vão esquecer o gosto. Mas não faço; é o que me resta. Também consigo, às vezes, tecer um comentário sobre a segunda faculdade que o Guga não terminou, "que pena", ou sobre o fato de a Val ter engordado tanto, e que "agora existem umas cirurgias de redução de estômago, já ouviu falar?". É o que me resta.

Porque naqueles dias, com o bebê que ia ser o Carlos Eduardo gritando, eu não sabia o que fazer além de ambrosia e sagu com creme. Quando dei por mim, estava de mala pronta, apenas as joias e as roupas bonitas, mais a lingerie lavada com sabão de coco para tirar o cheiro de gaveta. Lá estava eu na porta de casa, segurando o bilhete do professor de piano, um negro retinto que me fazia sentir estrela de cinema. Tudo que sempre mereci e perdi por engano.

Fiquei no hotel sete dias e nem uma vez me lembrei do bebê, que deixei sem olhar para trás na casa de minha irmã mais velha — ela, sim, sem preferências na vida, uma virtuosa, a vocação para a maldade refinada que só fui aprender quando me transformei na caricatura dos encontros de família. Diferentemente dela, a minha índole ruim eu tinha escancarado. Até na fazenda comentavam que eu só queria ficar na cama com o preto que me fazia desfilar nua de colar de pérolas, venerando-me mas sem trazer a mala, a promessa da fuga se partindo como o colar, tudo espalhado no tapete do hotel. Minha irmã, não, ela sabia como se portar, como infernizar a vida de todo mundo apenas zelando pela moral da família, e repetir que o Paulo era um santo. Ele, que foi pagar a conta do hotel e trazer embrulhada a mulher para criar o filho, a mulher que depois ia ter outro filho — por sorte, branquinho e de olho claro. A mulher que fazia ambrosia calada e amarela, a mulher que ia obrigar todos eles a manter o segredo por causa do marido santo e corno, por causa dos sobrinhos que ouviam cochichos e dos filhos que iam crescer. Manter o segredo até que a história virasse lenda, contada pela senhorinha cheia de ruge na sala de espera, com medo do resultado do exame, mas no fundo já sabendo que o câncer voltou. Como se não soubesse ter vivido todo esse tempo com ele, o câncer, o segredo.

O que você vai fazer com o meu tesouro, eu não sei. Talvez precise guardá-lo, amarfanhado, como os outros que ainda estão vivos. Pode duvidar da minha história, esquecê-la; interessar-se pela receita da ambrosia, sei lá. Mas pode também reescrevê-la, do seu jeito, enquanto ainda tiver saúde. Pois acho que minha vida daria um livro. Quem diria pelo prontuário médico?

A história da cabeleira de Bebeth

Bem-vindo ao mundo de Bebeth. Mas, antes de adentrarmos a casa de chá em que Bebeth fará sua aparição, em grande estilo, para o grupo de quatro amigas, será preciso conhecer Nice, sua cabeleireira. Nice é uma mulher nova para quem já tem neto, trabalha em pé muitas horas seguidas, mas só pensa nisso quando chega o final do dia. Tem folga aos domingos e às segundas-feiras, mas é das segundas que gosta mais.

Já Bebeth não é acostumada a ficar muito tempo em pé, nem quando vai ao shopping. No salão de beleza, está sempre sentada. Nice, nunca. Nice gosta muito de Bebeth, do jeito que é possível gostar das clientes do salão de Ipanema.

Como efeito de comparação, o ambiente de um cabeleireiro representa, para muitas mulheres, o mesmo que andar de táxi: uma oportunidade de jogar conversa fora e "descobrir outros mundos". Um lugar em que elas podem se informar por alto sobre as fofocas das celebridades, folheando revistas que jamais comprariam, colher dicas de beleza e ainda fazer sondagens de caráter antropológico sobre o universo feminino, conversando com manicures ou observando "madames" da Zona Sul carioca. Um ambiente propício para se conhecer a história de Bebeth, contada por Nice.

Comecemos por Nice. Ela tem o rosto vincado, e talvez sofra por isso em seu iluminado local de trabalho. Ali sempre ingressam novas profissionais — coloristas, cabeleireiras e manicures recém-treinadas pela rede de salões — cheias de energia, em seus 20 e poucos anos. Como qualquer mulher madura que ainda trabalha, Nice percebeu que precisava se diferenciar para não ser trocada por duas profissionais menos experientes e mais baratas. Foi por isso que apostou no treinamento em mega hair.

A peculiaridade do mega hair é que são necessárias cerca de dez horas consecutivas para concluir todo o procedimento, caso a ideia seja aumentar o comprimento e dar volume aos cabelos — ou seja, ganhar uma bela cabeleira. Mechas bem pequenas são coladas uma a uma. Depois, tudo é tingido da mesma cor. A agenda de Nice vive bloqueada por causa das novas clientes do mega hair, e estaria novamente bloqueada no dia seguinte, o que induziu uma cliente antiga a lhe perguntar: o que leva alguém a fazer um mega hair?

Nice enumerou como primeiro motivo, meio que oficial, o arrependimento por ter cortado o cabelo. Mas, depois, pensou que podia ser mais sincera: olha, o que leva uma mulher a fazer mega hair é ter dinheiro sobrando. Uma mulher que pode passar dois dias inteiros no salão não tem tempo para ganhar dinheiro, então é fácil concluir que as clientes de mega hair não precisam trabalhar para ganhar o dinheiro que gastam, explicou didaticamente, sublinhando toda vez a palavra *dinheiro*.

Depois, ressaltou: mas outro dia fizemos um treinamento em São Paulo e tivemos uma palestra muito boa. O palestrante nos orientou a não olhar mais as clientes como dondocas ou peruas. As mulheres ricas hoje em dia não usam brilhantes e peles, e até gostam de parecer que trabalham. Preferem ter experiências a coisas. E são discretas.

Com exceção de Bebeth. Não que Bebeth seja uma dondoca típica, a tal dos brilhantes e das peles. É que é difícil para ela ser discreta. Esguia na altura e no pescoço, Bebeth tem o sorriso esfuziante das estrelas, e, na véspera do mega hair que bloqueou a agenda de Nice, usava um corte de cabelo ousado: um chanel de bico, platinado. Quem não frequenta cabeleireiros precisará aqui de uma explicação mais detalhada para conseguir visualizar Bebeth: chanel é o cabelo curto e cortado reto, na altura das orelhas, como o inventado pela estilista francesa. O bico é porque, no caso de Bebeth, o corte não é tão reto, e as laterais junto ao rosto são mais compridas. Platinado é a cor dos cabelos da Marilyn Monroe.

Ao contrário de Marilyn, Bebeth é alta, e Nice está satisfeita em informá-lo. Às vezes surgem no salão clientes baixinhas e gordinhas querendo "botar cabelão". Fica horrível (é Nice falando). Mas não há como dissuadir essa mulher, que, afinal, tem os 3 mil reais na conta bancária para pagar o cabelo, além do custo da mão de obra. Sim, um mega hair caprichado não sai por menos de 3 mil, ela repete.

Juntando essas informações à palestra-treinamento oferecida pelo salão aos funcionários, Nice acaba por concluir que o mega hair está em alta por se tratar também de uma experiência, e não apenas da ostentação de um cabelo de 3 mil, como se fosse um diamante.

A experiência de ficar com os cabelos compridos do dia para a noite só é uma experiência porque ninguém fica com os cabelos compridos do dia para a noite. Nem na Índia, de onde vêm os fios usados nos salões de beleza. Os cabelos que Bebeth colocará amanhã, dando adeus ao chanel de bico platinado, demoraram anos para crescer na cabeça de Anjali, uma indiana que cortou os cabelos em um templo na cidade de Chennai.

Bebeth ficará apenas três meses usando os cabelos que cresceram por anos no couro cabeludo de Anjali. Depois desse período, ela já avisou a Nice, mudará de visual novamente. Talvez, pelo menos uma vez, nesses três meses, quando Bebeth estiver com insônia por causa da TPM e os cabelos pesarem sobre o travesseiro, ela pensará em Anjali.

Cabelos crescem de 1 a 1,5 centímetro por mês. Em média, uma pessoa tem, aos 25 anos, entre 100 mil e 150 mil fios de cabelo (Bebeth e Anjali, ao contrário de Nice, são jovens, portanto essas estatísticas lhes servem). Os cabelos indianos não são distribuídos para o mundo todo apenas porque são fortes, lisos e virgens de tinturas. É porque são baratos, muito baratos. Anjali não ganhou nem uma rupia por 40 centímetros dos seus 150 mil fios de cabelos fortes, lisos e virgens, que demoraram três anos para crescer — porque os ofereceu a uma divindade.

Anjali sabe vagamente que os cabelos oferecidos em sacrifício nos templos indianos são depois vendidos, mas não se importa. Antigamente, parece que eram usados como enchimento de colchões, e agora vão para os mega hairs. O que importa é que seu ato de cultivar e sacrificar os lindos cabelos será considerado por Ganesha, o deus-menino com cabeça de elefante, que atenderá ao seu pedido. Qual terá sido o pedido de Anjali? Nisso Bebeth não chegará a pensar.

Bebeth teve um pouco de insônia na véspera do grande dia, o da aparição para as amigas, mas resolveu o problema com corretivo nas olheiras e um suco detox. Daqui a pouco, vai encontrá-las numa casa de chá em um casarão histórico no bairro do Flamengo. É a terceira vez que o grupo elege, para a confraternização, aquele lugar, lindo de morrer. Sempre impecável, Bebeth tem o dom de combinar ocasiões e roupas: saias e blusas e cintos que destacam sem esforço a musculatura bem definida. Nem usa muitas joias. É um tiquinho invejada pelas amigas, que elogiam sempre o seu estilo, o seu cabelo, e esperam ansiosas por novidades que possam inspirá-las.

Quinze minutos atrasada, Bebeth entra na casa de chá e as quatro cabeças se voltam para ela.

Quase ela

Não ia dar aula hoje, estava doente. Nem na época do colégio, como aluna, Valéria dizia que estava doente sem estar doente. E agora tomava a decisão do telefonema mentiroso com alguma tranquilidade, como se não houvesse outra atitude a tomar. O fone ainda quente da outra ligação, a mais inesperada em muitos anos, talvez desde a notícia do câncer da cunhada.

Que ideia, remoeu, a de comentar com uma amiga de colégio que não via fazia 25 anos sobre o câncer que tornara a cunhada infértil e explicar que, por isso, nem sobrinhos tinha. "Não dei sorte na vida", foram as suas palavras exatas, uma frase que de algum modo estava formulada antes que sua vida somasse anos suficientes para um balanço. Uma sentença que começou a se instalar dentro dela no dia em que renunciou à viagem que poderia mudar tudo.

Mas Valéria não falava em renúncia, não naquela época. Era apenas a coisa certa a fazer depois do dinheiro confiscado pelo plano econômico, a aventura na Europa tomando uma proporção que não cabia na rotina de menina aplicada e severa, criada sem pai, a mãe fazendo de tudo para educar. O Collor desgraçou a vida da filha — costumava dizer a mãe quando perguntavam pelo namorado que foi sozinho e não voltou da Alemanha. Pelo menos agora ela tinha a companhia de Valéria para a velhice repleta de doenças, depois de todo o sacrifício que fez, e nunca cobrou, porque mãe serve pra isso mesmo.

Quando finalmente ficou sozinha no apartamento, Valéria trocou os sofás, mas não teve motivos para mudar o resto. A carreira acadêmica foi uma espécie de prolongamento do colégio, igualmente enfadonha, porque na faculdade os alunos continuavam dispersivos como se estivessem no colegial

— bem diferentes da estudante que ela fora —, preocupados com o próprio umbigo e desinteressados de suas aulas.

Ela e Vanessa não eram assim. No colégio, distinguiam-se dos outros e confundiam-se entre si, os professores trocando os nomes das amigas cúmplices em sua timidez e determinação. Foram quatro anos de lanches compartilhados no recreio, penteados parecidos e alguma competição por notas — embora alguém da turma pudesse recordar o surpreendente rompimento da dupla no ano do vestibular, cada uma andando já com um grupo diferente pelos corredores da escola.

Mas, na hora do telefonema, aquele afastamento final foi esquecido, e Valéria respondeu às perguntas como se nada tivesse ocorrido. Sim, ainda morava no mesmo prédio, por isso o número do telefone era aquele. Não, ela não ia à festa dos 25 anos de formatura, não gostava daquelas pessoas, não tinha o que comemorar nem o que contar. Não teve sorte na vida.

Já Vanessa tentava desdenhar da própria sorte. Estava difícil se readaptar ao Rio, com o filho alfabetizado em inglês e a maluquice de ter mudado de profissão aos 40 anos. Valéria contou que quase se casou também e quase morou fora do país também, só que na Alemanha. Futuras viagens sempre povoaram suas conversas nos tempos em que eram Valéria-Vanessa e Vanessa-Valéria, mais até que os planos de casamento. Mas o seu destino era aquele mesmo, Valéria não reclamava, e era ridículo a amiga sugerir que ainda poderia casar e ter filhos. Não, ela não sabia que Patrícia, que quase transformou a dupla de amigas em um trio, acabara de ter um filho depois de uma fertilização, produção independente. A idade pesa mais para uns que para outros, e ela, Valéria, passou por tanta dificuldade, tanta doença na família, que se considerava uma senhora — estava até deixando o cabelo branquear, sentia-se mais apropriada assim.

Os cabelos de Valéria, rebeldes como na adolescência, já estavam presos em coque, e a pasta com as provas corrigidas em cima da mesa, ao lado da chave do carro, quando a amiga de infância ligou. A voz impostada e rouca de professora em alguns momentos pareceu a ela própria um tanto estridente, como a de uma criança, e Valéria procurou instintivamente por um espelho depois de pousar o fone no gancho. Bastou-lhe o tampo de vidro da mesa para desfazer o engano. Lá estava o coque. Depois do segundo telefonema, para a coordenação da faculdade, procurou na memória as urgências que dariam sentido à sua vida nos próximos dias. Em seguida, imaginou os alunos aliviados por voltarem mais cedo para casa naquela noite, ou irritados por terem ido à faculdade à toa, e percebeu que não se importava. Não se importava com isso nem com nada.

Engoliu o jantar improvisado sem sentir o gosto do tempero, enquanto as imagens da infância e da adolescência, repletas somente de expectativas, desfilavam em sua mente. O prato de comida disputava espaço com a pasta de provas e a chave, esquecidos sobre a mesa numa confusão incomum naquela sala. Mas Valéria nada notava, distraída do tempo presente. Lembrou-se apenas de tomar o remédio antes de dormir.

Quando acordou, na manhã seguinte, com o filho gritando que estava com fome, Vanessa demorou a se situar, ofuscada pela claridade. Estava no Brasil, Rio de Janeiro, e a cortina ainda não fora instalada. Que luz deslumbrante a desta cidade. O mais estranho foi o sonho do qual acabara de despertar: nele, ela era Valéria, a amiga de colégio que na véspera atendera com rispidez a um telefonema seu.

Enquanto preparava o Nescau do filho, Vanessa pensou que poderia ter se tornado Valéria, de tanto que se espelhavam na juventude. Poderia? Somos feitos mais de acasos ou de escolhas? Tentou localizar na memória borrada um momento: sim, houvera um momento de balbúrdia no corredor do colégio em que tomou um desvio. Deixou a melhor amiga esperando, por distração, e demorou-se numa conversa com Patrícia. Ou talvez tenha se atrasado quando resolveu se inscrever no curso de teatro, que Valéria achava tolice. O pessoal do teatro! Cada figuraça... Estariam no aniversário de formatura? De qualquer maneira, ela iria à festa, mesmo sozinha. Precisava comprar um vestido novo.

Dia da Mulher

Entrei sem querer no banheiro, foi só o tempo de vê-la toda empinada. Magricela, o corpo quase de criança, e se contorcendo daquele jeito na frente do espelho. É nisso que dão as novelas que passam hoje na TV. Por mim, eu a teria agarrado pelo pulso, firme, e dito alguma coisa. Mas não sei o que falar há anos, desde que ela deixou de me encher de beijos, e de seu rosto foram saindo traços angulosos dos arredondados de antes, os olhos rasgando e os lábios engrossando. Juro que se eu não soubesse que ela saiu de dentro da minha barriga ia ficar pensando de que família vinha aquela petulância toda, qual a origem espúria desse tipo de gente.

Mas não, eu tive que pedir desculpas por ter entrado sem bater na porta, veja você, e aguentar aquele olhar. Que pecado uma filha odiar a mãe assim, uma crueldade para quem se dedicou tanto, porque o ódio vem misturado com desprezo, como se a minha vida já tivesse acabado e eu não contasse mais, como se fosse apenas uma velha ridícula só porque uso calça jeans — e o que tem demais comprar um jeans um pouquinho rasgado, já que as meninas hoje usam tudo com furos nos lugares mais impróprios?

Se ainda contasse o que digo, o que acho adequado, eu diria que ela não sabe de nada. Já tive aquelas curvas pequenas e sei o valor dos assobios que está ouvindo na rua. Nenhum. Nada disso interessa se a mulher não tiver seus objetivos. Aprendi com a minha mãe, que aprendeu com a dela. Tem coisas que o feminismo não muda, podem queimar o sutiã que for, porque a mulher tem que saber onde está o seu poder para se garantir na vida, o que é cada vez mais difícil com os casamentos durando tão pouco.

Claro que não sou dessas pessoas retrógradas. Eu mesma cheguei a trabalhar de secretária em um consultório médico, com filho pequeno pra cuidar, e sei que a mulher hoje precisa ter uma ocupação, acabar a faculdade. Tem que pensar no futuro, porque a vida não está fácil, todo mundo sabe que a inflação voltou. No tempo do meu avô havia as heranças, e eu cresci me sentindo protegida, porque era filha e neta de fazendeiros. Até casei com o pai dela, que vivia de salário, sem imaginar que casamento podia ser também ter de economizar no supermercado. E olha que eu era uma graça quando mocinha, não vou ser modesta, não. Imagina que quase casei com um milionário? Era filho de um vizinho nosso, lá no Sul. Havia uma combinação entre as famílias, mas o namoro não engrenou. Nem sei se ele ainda é rico, porque as fortunas não duram mais nada, as famílias gastam tudo, os parentes brigam entre si e vão vendendo a terra aos pedaços. Quem vai vender por último descobre que não tem mais terra, não sobrou nada; até as joias uma tia vendeu para pagar alguma prestação.

O pai dela me deu joias no início do casamento, mas nada comparado àquelas de família, que sabe Deus como foram sumir daquele jeito. Joia era uma espécie de garantia da mulher, para uma necessidade, como é hoje ter imóveis alugados, uma renda fácil de administrar — não esses investimentos de que a gente não entende nada e quando vê estão numa conta na Suíça no nome da amante. Uma mulher tem que ficar atenta com essas coisas. Mas a minha experiência não vale, ela não está interessada. Faz aquele deboche sem paciência, olha para o alto, suspira. Prende e solta os cabelos que não quer mais cortar. Pra que aquele cabelão? Aquelas roupas grudadas no corpo... Deve ser pra não parecer comigo. Ainda deixo o cabelo crescer só pra ela ver quem é a velha.

Um dia ela vai perceber como é o mundo, a importância da experiência. Tenho amigas que disfarçam, mas estão é passando sufoco, a ponto de não poderem pagar empregada. Vida triste, depois que o marido se vai e os filhos crescem. Sabe quem é gentil comigo? O porteiro, que carrega as minhas sacolas. Aí você deposita todas as esperanças na filha temporã, que vai ser a sua continuação. Uma versão sua, melhorada. Coloca no balé, na aula de piano, faz tanto sacrifício, para depois ela retribuir assim, jogar na sua cara que o seu tempo passou. Pois passa rápido, e também vai passar para ela. Não sou de rogar praga, mas ela ainda vai me dar razão.

Porque um dia ela vai chegar da rua e encontrar o marido no quarto da empregada. Um dia ela vai se flagrar cheirando as roupas dele e fingindo que não descobriu o cheiro de sexo porque precisa do dinheiro das compras. Aí vai chorar no banheiro, não por causa do ciúme, mas da raiva, porque não se preveniu enquanto podia, porque casou com alguém remediado, e agora que as curvas alargaram nem o oftalmologista a devassa mais com o olhar. Um dia, ela vai querer partir mas não vai saber pra onde nem como, porque os filhos ainda dependem dela. Um dia ela não vai mais precisar partir e vai sentir falta de quando a sua infelicidade se parecia com a da mocinha da novela — ao menos uma protagonista. Porque chega um dia, quem podia imaginar, em que a mulher não é mais protagonista da própria vida. E isso ela ainda vai descobrir, no dia em que estiver espichando a pele do rosto na frente do espelho.

Bodas de porcelana

O restaurante ainda está vazio e por isso ela segue, com passos resolutos, em direção a uma mesa de canto. Ele fica no caminho. Prefere um lugar mais central, explica. Como assim? Ela parece não acreditar. Há vinte anos disputa mesinhas de canto, as mais aconchegantes, de onde pode ter uma visão panorâmica do ambiente. Não é *possível* que ele não saiba disso.

    O problema é que ele fica de costas para o salão — sempre. Precisa se contorcer para comandar o garçom, sua única paisagem é a parede. Nunca havia falado sobre isso, mas, hoje cedo, quando notou a calvície ao espelho, decidiu que seria diferente. Apesar do impasse, o marido permanece tranquilo, para desespero da esposa.

Que grosseria, ela tenta murmurar, mas a voz sai elevada e se espalha, porque ainda estão de pé. A mulher se rende e senta-se à mesa escolhida por ele para poder brigar com alguma discrição; odeia parecer escandalosa. Imaginava que estivesse sendo gentil, um cavalheiro, todos esses anos. Mas não. Ele ficava contabilizando paredes de restaurantes e torções de pescoço, para um dia jogar tudo em sua cara.

Nos instantes de silêncio instaurados pela presença desconfortável do garçom, a mulher desvia o olhar e, de esguelha, tenta imaginar a posição do marido se estivessem na mesa proposta por ela. Uma parede esverdeada. Sem quadros. Gira de volta e subitamente percebe as rugas dele, o que a faz lembrar a necessidade de agendar o próprio dermatologista. Então ele ficou observando paredes todos esses anos, ela retoma o raciocínio, admirada. Se é tão ruim ficar de costas, por que não disse antes? É claro! Antigamente, ele gostava de olhar para ela, encantava-se com seus olhos, a expressão lisa sem precisar de botox.

O marido diz que a mulher está fazendo tempestade em copo d'água. Quer ter uma visão mais ampla dos ambientes, de como ela usufruiu sozinha, apenas isso — que mania das mulheres de aumentar as coisas! Claro que a ama, ou não estaria ali. Quando os pratos chegam, o ritual mecânico dos talheres os distrai e a ordem das coisas se restabelece. Por pouco tempo. Na hora de pedir a sobremesa, ele não aceita dividir uma com ela. Quer a musse de chocolate só para ele. Está tão feliz e confiante que ela estremece: desta vez, a amante deve ser um caso sério.

Primeiro amor

Eu era apaixonada por Francisco. Por ele, fiz meu primeiro regime, aos 14 anos. As paixões, nessa fase da vida, são um tanto confusas, e eu pensava gostar dele porque era bom aluno, como eu, e nem por isso esquisito, como Silvio, que me constrangia com sua boca torta e seus poemas deixados furtivamente em cima de minha carteira.

Mas devo ter me apaixonado porque ele era lindo, tinha cabelos encaracolados, aloirados de sol, um falso ar tímido, e tocava violão (mal, mas não importava) na hora do recreio. Vim, tanta areia andei, eu cantava dentro da minha cabeça nos fins de semana intermináveis. Nunca vou me esquecer do dia em que fui fazer um trabalho de grupo em sua casa, sábado, um apartamento em Copacabana. Todos estavam na mesa grande da sala, quase à vontade como são os adolescentes, quando houve um momento em que observei o seu quarto, um quarto só dele, com carpete e armário embutido. Naquele dia, tive certeza de que ele secretamente gostava de mim, e minhas mãos retornaram à sala trêmulas de amor e vergonha.

Mudamos de turma no segundo grau, eu acho, ou talvez ele tenha saído do colégio, não lembro. Eu já não frequentava as rodinhas de violão — agora participava do grêmio e desprezava os alienados. É provável que Francisco se encaixasse na categoria dos alienados. Não soube mais dele. Somente anos depois, quando ele já estava preso, descobri que seguira carreira de modelo. Era mesmo lindo. Imaginei seus cachos balançando enquanto arrastava o corpo da menina estampada nos jornais, aspirante a modelo também, apenas 15 anos.

Saiu da prisão até rápido, alguém comentou na confraternização de ex-alunos — a pena reduzida —, porque só ajudou a esconder o corpo, ficou provado.

Mas morreu, não soube?, de overdose, imagina o pessoal com quem andava, quem diria um destino desses, quase um bom rapaz. Tentei me comover, buscar ao menos o espanto da primeira manchete sobre o assassinato, mas só conseguia pensar na receita com chuchu e carne moída que inventei nas vésperas do trabalho de grupo pra ficar mais magra. Foram dias comendo somente aquilo. A dor no estômago se confundia com o friozinho da paixão na barriga, a primeira das dietas.

Catando a poesia no chão

Devo ser o único sujeito no mundo que gosta das segundas-feiras. É que nesse dia tenho certeza de que ela não vai sair. Não vai ao barzinho, não vai ao cinema, não vai à festa. Não dará risadinhas de falsete ao telefone, faíscas verdes nos olhos, excitada com a programação depois do trabalho. Ela chega de sapato baixo às segundas. E com um mau humor infantil que me enche de ternura, quase me diverte. Sem maquiagem, ela é só minha, e ninguém mais repara, mas ela fica mais bonita. Com cara de ressaca, e ainda assim tão fresca. Penso que ela demorou no banho.

O fim de semana que ela teve, ou que imagino que teve, se apaga por completo da minha mente se consigo fazê-la rir no cafezinho. Sou o gordo engraçado, que tenta alegrar suas segundas-feiras. Mas logo ela se distrai, sorri apenas por simpatia, enquanto baixa os olhos para o celular, e eu lembro que em breve será terça, quarta, quinta-feira. Tenho dois ou três dias, duas ou três tardes, até que ela escape de novo, suma no vão do sábado. Então só me restará esperar que as portas do elevador se abram com ela, como o sol, encerrando a longa noite do fim de semana.

Certa vez, observei-a chorando ao telefone. Estava de saia colorida e sandália alta. Ia ao cinema, talvez, o programa suspenso, a decepção no rosto, o namorado enfim desmascarado. Ela me flagrou em meu posto de observação, virou a cara, acomodou uma mecha do cabelo, enxugou o canto dos olhos. Estremeci, achei que tinha sido descoberto. Era sexta-feira e, de repente, fui tomado pelo entusiasmo das segundas-feiras. Ela poderia desligar o telefone, ajeitar-se no banheiro e passar pela minha mesa. Pararia. Já seria final do expediente e ela diria vamos tomar um chope. No fundo já sabia de mim; e pensava nisso, às vezes.

No bar, eu a impressionaria com versos, não com piadas nem com futebol. Ela fecharia os olhos, maquiados só para mim.

Apenas um clarão. O calendário seguia implacável, três e meia da tarde, sexta-feira. Voltei a ser o gordo em vigília, catando outra migalha no chão.

Contradança

Regina é tirada para dançar pela terceira vez. E eu, nada. O que está errado? É quinta-feira, o baile mais tradicional da Estudantina, e os casais já preenchem todos os espaços do salão com rodopios. Estou bem posicionada, sorrindo de leve. Não tenho relógio no pulso, mas imagino que sejam umas onze e meia da noite, já que a orquestra Tamoio acabou a primeira sequência de boleros e começa a tocar um samba de gafieira. Adoro samba, e mal consigo segurar meus pezinhos marcando o compasso debaixo da mesa.

Nossa mesa não é ruim, está bem próxima das sacadas. Nem faria sentido o problema da localização, já que Regina foi convidada três vezes. E eu, nada. O detalhe é que ela pesa uns 15 quilos a mais do que eu, não sei ao certo quantos porque ela jura que não sobe em balança há anos. Como assim, alguém que não se pesa há anos? Peço uma cerveja ao garçom, um senhorzinho de gravata-borboleta para quem cantaram parabéns na semana passada. Um copo de cerveja, dois sambas, e nada de Regina voltar. Nem de me notarem. Pode ser a roupa ou alguma coisa em minha aparência. Decido me olhar no espelho do banheiro, retocar o batom.

Já houve o tempo das vacas magras, antes das gordas. Ou melhor, dos pés de chumbo, antes dos pés de valsa. A regra numa gafieira tradicional é clara: mulheres, mesmo bonitas, têm que esperar humildemente, nada de ser oferecida. Senão só vai atrair os que não sabem dançar. Saia rodada e sapato alto, bem preso ao pé, contam pontos, mas importante mesmo é mostrar que conhece os passos, que é do meio. Rola muito chá de cadeira até provar que não é turista.

Regina, Geisa e eu já passamos dessa fase. Aos poucos fomos conquistando nossos pares, e raramente o par de uma dança com a outra. Isso eu não entendo por quê. Teoricamente, é tudo respeitoso, ninguém está aqui pra arrumar namorado. No nosso caso, é isso mesmo. Baile de quinta é pra dançar: a maioria dos dançarinos é gente humilde e feia, só que arrasa na pista. Gente humilde? Nada disso. Aqui eles são até arrogantes, chegam com a roupa bem passada, perfumados, e só falam com quem conhecem. Às vezes, por acaso, descobrimos que lá fora são operários ou office-boys. Como percebem que somos "madames", não conversam conosco. Mas, agora, dançam. No final, deixam-nos de volta à mesa e sorrimos, agradecidas.

O caminho até o banheiro é perfeito para dar uma geral no salão e ser vista pelos cavalheiros que, se tudo ocorrer como esperado, ainda vão me tirar para dançar esta noite. Eles gostam de abrir a pista com suas parceiras favoritas e emendam as músicas com elas enquanto o espaço for suficiente para evoluírem em suas coreografias ensaiadas, todo mundo olhando. Mas lá por uma ou duas da madrugada, quando o salão está lotado e mal dá para fazer um trocadilho sem esbarrar em alguém, eles olham as mesas próximas às sacadas do sobrado e vão atrás das damas pacientes.

Ninguém conhecido no percurso até o banheiro. Estranho. Ninguém me olha. O vestido novo pode não ter assentado bem, ou vai ver estou emburrada demais por causa do chá de cadeira. Não volto mais com essa roupa — dá azar. A crooner vai de "Esse amor me envenena, mas todo amor sempre vale a pena", imitando Alcione. Quando a porta do banheiro se fecha, abafando o samba, ouço alguém gritando em uma das cabines. Um grito gutural, entre gritar e vomitar.

— Ai, meu Deus! Tem um feto aqui!

Está dentro da privada, mas o corpo da mulher impede que eu veja, e também não me esforço por isso. Só me ocorre ampará-la, como se aquilo tivesse acabado de sair de dentro dela. Mas já é uma senhora, não faz o menor sentido — aliás, nada está fazendo muito sentido esta noite. Ela se acalma, sai do espaço exíguo apoiada em meu braço e eu encosto a portinhola da cabine, que não chega ao chão.

— O que vamos fazer? Tem certeza de que é um feto?

Ela balança a cabeça que sim. Estamos só as duas no banheiro. Ela passa água na nuca. Talvez tenha vomitado, talvez tivesse ido ao banheiro vomitar.

— Temos que chamar alguém, a moça da limpeza, sei lá — falo, mas logo percebo que não era apropriado dizer. Se fosse uma espécie de bebê quase vivo, o caso seria mais de polícia do que de privada entupida.

Quando vou perguntar sobre o tamanho do feto, a senhora some do banheiro. Tão rápido que só percebo por causa do verso que entra pela porta: "Tanto faz, eu quero é mais amor."

Quero sair também, mas estou com vontade de urinar, uma vontade incontrolável que eu não tinha percebido antes. A cerveja, só pode ser. Uma garrafa inteira, maldita cerveja. Não posso simplesmente entrar na cabine ao lado e fazer xixi. Seria como fazer xixi em cima de um bebê. Será que aquela senhora não é louca e inventou essa história?

Ainda apertada, saio do banheiro. Preciso encontrar Regina, mas é ela quem me encontra, junto ao balcão do bar.

— Onde você estava, Fê?

— No banheiro. Regina, tem um feto na privada.

— O quê?

A crooner continua querendo parecer a Alcione e dificulta nosso diálogo. Não posso gritar ali, ao lado de uma bandeja com frango à passarinho, a palavra *feto*. Repito baixo no ouvido de Regina, que está bastante suada, com o cabelo grudado atrás da orelha. Primeiro ela ri, achando que é piada, aquele tipo de coisa que a gente fala em balcão de boate em Ipanema para dar risada, parecer divertida e levar cantada. Quando vê a minha expressão, fica séria, depois mais séria ainda. Arregala os olhos e pergunta:

— Cadê a Geisa?

O que a Geisa, que não veio porque está doente, tem a ver com um feto na privada? Uma fração de segundo e percebo: então era esse o segredo delas.

Temos um pacto de jamais levarmos os flertes da Estudantina para a nossa vida "normal" na Zona Sul. Mas Geisa anda confundindo as coisas, dando trela para um taxista mulato, bom dançarino, é verdade, mas que não acerta uma concordância. Jorginho é cheiroso, ela diz; Jorginho não é fazedor de passos e sabe conduzir uma dama. Com a minha censura, passou a ficar cochichando com Regina.

Que ironia! A essa altura, logo eu, descolada, me sentir personagem de um samba brega, desses que falam de amor e traição... Então, apresento as duas aos meandros da gafieira, ensino tudo sobre os códigos da casa, ajudo a conseguir os melhores cavalheiros apesar de não serem nenhuma beldade, e agora elas estão aí suadas, desgrenhadas, ficando, dando, engravidando, abortando no banheiro. Ou então estou ficando louca.

— Isso não faz o menor sentido — me irrito. — O que é que a Geisa tem a ver com isso?

Regina não me responde: está teclando no celular e o leva à orelha grudenta, para depois informar:

— Fora de área.

— Vem comigo ao banheiro, Regina.

— Eu, não! Olha, esquece isso. Pensando bem, não deve ter nada a ver com a Geisa. É só uma coincidência. Ela ia resolver essa história hoje à tarde com o Jorginho, ia tomar um remédio, ficar de repouso. Certamente não viria pra cá nessa situação.

— Você só pode estar brincando! Ela está transando com o Jorginho taxista? Está grávida?

— Ela não *está transando*. Ela transou. Acontece. E não dá pra contar essas coisas pra você, Fê. Você não admite que a gente seja de carne e osso nem que venha à praça Tiradentes durante o dia, porque o certo é vir apenas à noite para tirar onda dos feios, bregas e incultos.

— Então vocês estão fazendo aula de dança aqui à tarde? — Mal posso acreditar. Tínhamos combinado que as aulas seriam apenas na academia de Botafogo.

— Estamos.

Minha raiva é interrompida pela movimentação na porta do banheiro feminino. A tal senhora deve ter chamado alguém. Agora não sei se devemos fugir dali, como do local de um crime do qual fomos cúmplices, ou correr para encontrar Geisa e entender o que aconteceu. E se ela estiver em perigo?

— Vamos lá na sacada tentar ligar pra Geisa — propõe Regina, me pegando pela mão.

Atravessamos o salão. A orquestra está tocando um foxtrote e os dançarinos ignoram a confusão no banheiro. Não, não pode ter acontecido nada grave, nada mais grave do que ter duas amigas traidoras e mentirosas. Mas Regina tem que me explicar essa história do remédio. Se Geisa ia tomar um abortivo hoje à tarde e havia aula na Estudantina, claro que aquele feto pode ser dela. Não há coincidência alguma.

Na sacada, a brisa da noite e o silêncio da praça não me sossegam; pelo contrário, até me trazem um mau presságio. Encaro Regina. É claro que ela não está no domínio da situação, mas tenta parecer segura. Nunca soube liderar nada. É ingênua, sempre precisou dos outros.

— De quanto tempo a Geisa está grávida?

— Uns três meses — responde, ainda tentando o celular.

Preciso urinar. A vontade é tanta que já não raciocino. Um feto de três meses é grande o suficiente para entupir uma privada? Abandono Regina sem lhe dar satisfação. De novo o salão, difícil de atravessar. Desvio de um casal que insiste em fazer um leque duplo apesar da falta de espaço, e alguém me dá um tchauzinho. Que hora para finalmente me notarem! Passo pelo balcão do bar e vejo que as mulheres invadiram o banheiro masculino.

— Alguém fez sujeira da grossa no feminino — explica uma morena baixinha na fila.

Um século até a minha vez. Sento na tábua sem forrar. Sujeira da grossa, murmuro enquanto me alivio. Lavo a mão com vontade, saio do banheiro e volto para encontrar Regina. Dessa vez o ar fresco que vem da praça Tiradentes é agradável. Regina está sorrindo, olhando para baixo. Me debruço. Abraçados, como um casal apaixonado, vêm andando Geisa e Jorginho, arrumados para o baile — ele de chapéu e ela com um xale colorido. A praça parece uma gravura do Rio Antigo e eles estão lindos.

— Vamos dançar, Fê. Você está precisando. Vou te arrumar um par.

Deixo-me levar. Quando a orquestra toca "New York, New York", não chega a pegar mal uma dama convidar um cavalheiro.

A estratégia

No dia seguinte, ele pensou na estratégia que vinha dando certo. Serei, por hoje. O problema era o calendário, insistindo em compromissos e futuro: vistoria no carro, dentista, aniversário da irmã. Se continuasse dando certo, dali a um mês teria conseguido os três. Mas, ainda assim, a inutilidade estaria presente. Sempre estava. A hora exata em que o despertador tocava e ele já estava acordado. O porteiro que se mantinha vivo por indignação. A vizinha viva por ignorância, talvez pelas netas aos domingos. Ele próprio tentava comer uma fruta todo dia e tinha o cuidado de não deixar cascas e caroços repousando por muito tempo no lixo da cozinha. Mofos e podres podiam pôr tudo a perder.

Os que o acompanhavam de longe deviam resumi-lo a um ranzinza, mas isso não o incomodava. Precisava se concentrar nos detalhes da estratégia. Pela manhã lia o jornal, conspícuo. No trabalho o dia corria fácil, automático. Ser durão era como nadar, para um peixe; aprendeu com o pai, que aprendeu com o pai de seu pai. Os vizinhos de baia colaboravam, repetindo as palavras de sempre, esperando as respostas de sempre. Por sorte seu aniversário este ano caíra num sábado, embora poucos tivessem se arriscado a lembrar no ano anterior.

O dia era a ordem. A noite, perigo da desordem. Pior, talvez, os finais de semana, para serem atravessados. Não sabia nadar esses dois dias. Às vezes mais: feriados. Ninguém lhe ensinara ou esquecera? Não, nada de pensar para trás. Só por hoje, por agora, até o fim do dia. Não pensar em ontem nem em amanhã. Apenas a braçada. Mas o pensamento tirava-o da piscina da infância e levava-o à vistoria da próxima semana. Carro. Tornara-se tão tolo renovar documentos se, no fundo, tudo estava decidido.

Porque, se ainda não fosse a hora de ligar a TV, e se já tivesse comido a fruta, e se livrado do caroço mordido sem se deter em sua aparência, e se nenhum de seus amigos do passado tivesse enviado uma foto escaneada e comentada dos dias felizes para ocupar a tela do computador, e se fosse cedo demais para a medicação, então ele poderia cogitar em ceder. Adotar a outra estratégia. Desmarcar o dentista, baixar toda a persiana e preparar as coisas. A irmã iria entender.

No dia seguinte, ele acordou, esperou o despertador e pensou na estratégia que vinha dando certo.

Queima de arquivo

A IDEIA ERA evitar que as crianças tivessem, um dia, que resolver problema em cemitério, correndo risco de assalto, sem falar no cheiro. Não criamos nossos filhos para lidar com isso. Criamos para serem globalizados, e talvez nem morar no Brasil, cidadãos do mundo. Mais tarde, iam acabar se sentindo culpados porque a sepultura dos pais está abandonada, ou pagando alguém para cuidar, taxa anual, e sabe-se lá a situação financeira deles no futuro, por mais que a gente tenha ajudado.

Daí a necessidade da declaração, assinada em cartório, duas testemunhas. O trabalho, antes. O quanto antes, é o que sempre digo. O bom é deixar tudo feito e pronto, no detalhe. O combinado não sai caro. Se tivesse como eu deixar pago, teria deixado, porque o custo é maior no calor do acontecimento, sempre surgem os aproveitadores de ocasião. Aproveitadores estão por todo lado, dando todo tipo de golpe, e muitas vezes ninguém diz, pela aparência.

Sempre fomos de planejar tudo. Falar, planejar, planejar, falar. Por isso planejamos isso também, mesmo sem estar doentes nem nada. É o nosso jeito como casal, e os outros podem até fazer piada que nós rimos também, já estamos acostumados. Quer dizer, eu não sou tanto de rir, mas Joana acha graça de tudo, nem que seja por educação. Se ela ri frouxo, continuo o gesto dela com um sorriso discreto. É uma espécie de código: ela ri para me lembrar de ser simpático, então sorrio para dizer a ela que já é suficiente. Falando dessa forma parece esquisito, mas funciona.

Naquela época, foi por causa do nosso planejamento que precisávamos da declaração. Dois anos atrás, para ser exato. Tínhamos que pedir esse favor a duas testemunhas. Assim como agora são necessários dois médicos — olha a coincidência! Duas testemunhas são mais fáceis. Mesmo assim, do nada, sem um acontecimento, muita gente não gosta de tratar de morte. E as crianças não podiam saber, especialmente Letícia, dada a pesadelos com qualquer filme de terror, mesmo depois de grande. Imagina falar dos corpos do pai e da mãe sendo queimados a 1.200 graus centígrados em caixa de papelão.

No dia combinado, a amiga de Joana não apareceu no cartório, deu uma desculpa. Joana disse que era desculpa esfarrapada, mas não se aborreceu — tinha pensado em uma alternativa. Já eu combinara previamente de passar na casa do Serjão, este sim um sujeito ponta firme, que entendia o raciocínio de não envolver a família — já basta isso ser inevitável na questão da herança, doação pra driblar os impostos dos inventários. Fazer o quê? Este é o nosso país.

Foi ali, na porta do cartório da Nilo Peçanha, que Joana apareceu com o professor de ioga. Estranhei um pouco a testemunha que ela arrumara. Embora sempre mencionasse o professor — Bebeto pra cá, Bebeto pra lá —, eu não achava que fossem próximos dessa maneira. Sem dúvida gay, por isso não cheguei a ficar desconfortável na frente do Serjão. Mesmo assim, a situação exigia pressa.

Éramos como um quarteto que nunca tinha ensaiado junto e não havia uma causa em comum, como um concerto. Quer dizer, ninguém ia sair dali para almoçar e comemorar a assinatura da escritura, por exemplo.

A sorte é que eu tinha marcado tudo com o escrivão, meu conhecido de longa data. Não precisamos ficar na fila, constrangidos. A espera foi só o tempo de concordarmos todos com a cremação como boa solução higiênica; até Serjão e Bebeto pretendiam providenciar seus documentos depois e fazer igual.

O grupo se dispersou em seguida; ninguém sugeriu almoçar. Serjão tinha o que fazer no Centro e o professor foi logo dizendo que pegaria o metrô, e fomos pro estacionamento Joana e eu. Ela continuou me surpreendendo com a conversa que puxou no caminho. Joana vinha me espantando desde que começara esses cursos que faz para se atualizar. De uma hora para outra, mudava uma opinião que tinha antes, dizia que os tempos eram outros e que a gente precisa se atualizar.

— E se eu morrer primeiro?

— Como assim, mulher?

— Você sempre raciocina como se fosse morrer antes ou como se fôssemos morrer juntos. Aliás, a probabilidade de morrermos juntos é mínima. E seria uma tragédia, um acidente; portanto, nem pensar.

— O homem morre primeiro, são as estatísticas. Além disso, sou seis anos mais velho. No fundo você concorda, porque aceitou saber das aplicações no banco, anotou as senhas, viu as pastas no computador. Aliás, você guardou a senha em lugar seguro?

— Guardei. Mas o que estou dizendo é o seguinte: não acreditamos nem em Deus nem que vamos ficar lá de cima vendo os vivos aqui embaixo, checando se deu tudo certo. Então, o planejamento só faz sentido se eu me preparar pra você morrer primeiro e vice-versa.

Tinha lógica. Deixei que me passasse as senhas dela. Mas foi esquisito. Ficar sem Joana, imagina. Ainda assim, as estatísticas e o histórico médico estavam a meu favor, por isso, naquela noite, antes de dormir, pensei em prepará-la para alguns detalhes importantes da cremação. Joana é uma mulher prática, mas podia não lidar bem com a situação real, se não encarasse com naturalidade todo o procedimento, como a opção ecológica pela caixa de papelão, sem falar que nunca fomos juntos a um enterro desse tipo.

No entanto, ela se recusou a conversar, alegou que não precisava saber tanta minúcia macabra, virou para o lado e dormiu rapidamente. Estava estranha naquele dia. Talvez tivesse tomado algum remédio, porque eu sempre durmo primeiro.

Somente agora, dois anos depois, vou poder lhe contar todos os detalhes, e dessa vez ela vai ter que me ouvir. Não o detalhe de que, em caso de morte não natural, a declaração do cartório é insuficiente, porque são necessários dois atestados de óbito emitidos por médicos diferentes. Isso ela já sabe. Agora vou esclarecer os detalhes que ela não queria saber, um por um. Vou começar informando que ninguém é cremado imediatamente. O corpo tem de ser resfriado por 24 horas. Joana só conhece aquelas cenas de filme romântico em que o pó branco é jogado ao mar, ou do alto de uma montanha, depois de aberta uma caixinha de madeira. Até chegar a esse ponto, leva pelo menos uma semana, então ela precisa saber de tudo. Todos se despedem, um elevador desce com a urna e ninguém vê mais nada. Mas é aí que começa o trabalho no crematório propriamente dito: paredes e chão ladrilhados, sem flor, sem chororô exagerado, sem vela.

Antes de receber o corpo, o forno é preaquecido até 400 graus. Depois, chega a 1.200. O corpo fica ali dentro, confinado nas chamas, durante duas horas, duas horas e meia. Depende do tamanho — um homem grande de ossatura larga precisa queimar mais tempo. Mesmo se a solução do papelão não for adotada, a urna de madeira some na cremação. Evapora. Evaporam madeira, roupas, bilhetinhos de amor, pulseirinha hippie que faz parecer gay. Depois, um ímã vai ajudar a recolher os metais que sobram, as alças do caixão, o relógio e o medalhão yin-yang.

Se a pessoa fosse idosa, podia aparecer nessa hora uma prótese ou implante. Mas, mesmo se tratando de sujeito jovem e atlético, que nunca sofreu um acidente até aquele dia, isso não significa menos trabalho para os funcionários do crematório. Porque, nesse caso, os ossos fortalecidos pelo exercício não vão se desmanchar inteiramente. É preciso triturá--los. Se um fêmur inteiro tiver resistido ao fogaréu, nem pode ir direto para o triturador. Será necessário bater e bater com ferramenta própria, de metal. Só aí é que os 80 quilos de carcaça morta se tornam 1 quilo de pó e podem ser compactados na caixinha de madeira entalhada com flores de lótus e outras baboseiras, uma caixinha que com certeza será disputada por outras alunas que também se julgavam muito especiais. Isso também vou falar.

É verdade que eu não sabia de tanto detalhe naquele dia do cartório, quando o conheci. Informei-me melhor hoje, na internet, depois do acidente, e depois de saber que ele também tinha feito a declaração, uma semana depois, com Joana de testemunha. Como considero de extrema importância satisfazer a um desejo de morto declarado formalmente em vida, posso até ajudar nisso, enquanto ela chora. Se precisar, consigo o segundo atestado de óbito com um médico amigo, para ter certeza da cremação.

Para sempre na memória

Ficar lembrando, como fazia meu pai, é mesmo coisa de velho, como eu dizia com sarcasmo no tempo em que eu não tinha tempo. O tempo que me regia era o do presente, um presente atribulado, de dar aulas em muitos colégios, escrever artigos, ajudar os amigos perseguidos. Mas talvez, no fundo, meu tempo fosse o do futuro, porque tudo girava em torno de sacrifícios, para o depois: publicar um grande romance, economizar para ter um imóvel quitado, ajudar a construir um país livre.

Não perdia tempo com nostalgias da infância, mas as lembranças já estavam se armazenando no córtex cerebral, intimidadas pela urgência dos afazeres memorizados com facilidade no hipocampo. Eu morava no presente e me preocupava com o futuro, mas não pensava nele como o tempo em que eu seria velho o suficiente para ficar lembrando. Lembrar na rede, vem e vai, vem e vai, vem. Lembrar o dia em que peguei os óculos do pai e ele fez que protestou, não gostava que mexessem nele, nem nas coisas dele, mas mesmo assim os tomei, lavei as lentes com água e sabão, sequei as gotas cuidadosamente para não ficar fiapo e depois apreciei a surpresa dele com a nitidez do filho, afinal uma serventia.

Agora que uso óculos, enxergo aquela e outras lembranças, e descubro que hoje seria o aniversário dele, depois de tantos anos sem reparar na data. Não consigo calcular quantos anos faria. O passado, antes irrelevante, surge em minha mente com suas causas fundadoras. É nele que me concentro quando pouso a cabeça no travesseiro. Busco lembranças ternas que julgava não existirem, flashes de felicidade na infância. Vai e vem, e finalmente vem uma canção, um cheiro adocicado. Penso em como é bom me livrar do futuro, esse causador de insônias. E mergulho no sono das lembranças — mesmo desconfiando que são inventadas.

Pois justo agora, na velhice, resolvi estudar a memória, e também a falsidade da memória, preenchendo lacunas e desejos. Que vício este, o de não ser feliz. Pouso o livro e procuro fotos, encontro a de um aniversário desbotado, mas não reconheço o meu sorriso nela. Chego a cogitar que seja meu irmão — o mesmo nariz —, ele, sim, feliz por acreditar no futuro daqueles dois jovens promissores, que formariam novas famílias, afinal. Procuro outra caixa, tem de haver outra caixa empenada, sim, outra foto, mas ela não é suficiente para refazer tantas conexões na memória. Mal reconheço a família antiga gravada nela. Insisto, e agora são os meus óculos que embaçam. Não há poeira nem fiapos para limpar, é preciso esperar secar. Esperar para voltar ao caderno, aos livros, ao estudo da memória alheia, das pessoas felizes que envelhecem com a certeza de suas memórias forjadas, a certeza de ter enxergado com nitidez o olhar terno do pai por baixo de lentes tão grossas.

À moda antiga

Quantos meses? Myrea alisou o ventre mirrado e justificou: estou só no começo. Para essa fase inicial, eles tinham peças perfeitas, que iriam se ajustando conforme a barriga crescesse. Natural que ainda não tivesse vestígios, primeiro filho era assim mesmo. De qualquer forma, ia passar por aquela etapa em que, se não estivesse com a roupa certa, valorizando a barriga de grávida, corria o risco de parecer gordinha. Todas deviam fazer como ela e pensar no guarda-roupa desde o início.

A vendedora estava treinada para afetar intimidade com clientes, mesmo as de primeira visita. Ela própria, quando estava de seis meses — sua filha já tinha 15 anos —, passou por isso, a saliência da barriga era modesta. Usara roupas largas, inadequadas, e... parecia gorda! Ah, se naquela época já existisse butique especializada dentro de shopping center! Era importante usar uma roupa que destacasse a gravidez, um momento tão mágico, o momento em que se inicia o milagre da vida, e Myrea concordava com a cabeça. Mantinha a mão no ventre, sorria com moderação e falava o necessário. Ia comprar uma calça comprida, dessas com ajuste, e duas batas. Não precisava experimentar. Voltaria para comprar um vestido quando chegasse o verão.

Alisava agora a sacola de papelão em tons de rosa e dourado, tomando chá numa mesinha do shopping. Chá de erva-doce, com biscoitinho de canela, apenas um. E a maternidade, em qual delas teria o bebê? Já conhecera algumas. Sempre reparava nos detalhes dos quartos e dos corredores quando ia visitar uma amiga, ou amiga de amiga, que ganhara bebê. Já estivera numa para percorrer as instalações, até fez cadastro, tomando todas as precauções. Queria que a decoração fosse suave, mas não óbvia.

Aprendera o valor da tradição, embora aceitasse modernidades importantes. Em algumas, o parto podia ser transmitido para a família no quarto ou pela internet. Muito bom.

Cuidou de chegar em casa antes de João e guardar a sacola no armário do quarto de hóspedes, junto com as outras. Tinha apenas alguns minutos para mudar o espírito, esquecer o fim de tarde adorável. Infelizmente o marido chegou animado e insistiu no assunto de oferecerem um jantar para o novo colega de trabalho, Paulo Roberto, um sujeito divertido — apesar de flamenguista —, também casado e sem filhos, e eles tinham uma postura bem interessante sobre isso:

— Eles fazem piada. Esse é o caminho, Myra! Quando perguntam a eles por que não adotam, ele responde: porque precisamos ser adotados! Você e a mulher dele podiam ficar amigas. Quem sabe programamos uma viagem juntos...

Myrea imaginou o bom humor insuportável deles. Certamente um casal que frequenta hotéis com spa que não aceitam crianças e que compra vinhos de 500 reais para se exibir. Por João, pertenceriam a um grupo assim: os Fraga, com filho crescido morando na Nova Zelândia; Paulo Roberto e sua esposa conformada; quem sabe um casal gay cheio de dicas de exposições. Se fossem esses os amigos, como queria João, qual seria a reação deles quando recebessem a notícia? Crianças são um porre, comentariam entre risadas no jantar harmonizado, sem imaginar a notícia que ela guardaria para o fim.

Enquanto não fosse possível dar a notícia, Myrea vinha aproveitando as duas ou três horas que tinha de vantagem, toda tarde, de segunda a sexta-feira: largava do escritório às quatro. Agora, por exemplo, procurava a essência perfeita, delicada, que combinasse com seu estado de espírito, o sentimento de elevação. Um óleo de semente de uva para evitar as estrias, sem dúvida, além de outro mais suave para as massagens no bebê. Shantala. Ouvira falar, precisava pesquisar. A profusão de cores na loja, efeito dos sabonetes vendidos como queijos, criava uma confusão agradável, combinada à pátina dos balcões e das prateleiras. No ar, a fragrância levemente doce, como cabia em seu estado. Se queria ajuda? Sim, claro. Óleos, óleos essenciais. Para evitar a ameaça das estrias — e Myrea pode se alisar e esboçar um sorriso sugestivo. Parabéns! —, e a vendedora rapidamente tornara-se sua cúmplice. Eles tinham exatamente o que ela precisava, além de trabalharem apenas com extratos vegetais, tudo natural.

Com a sacola desta vez mais discreta, Myrea chegou em casa depois de João. Ele já tomava uma cerveja, era dia de jogo na TV. Início de primeiro tempo, não havia risco de ser importunada, não precisava esperar que ele dormisse. Dirigiu-se ao quarto de hóspedes para guardar as compras. Teria algum tempo. Ao inspirar o aroma do óleo, do bebê, sentiu que precisava alisar uma superfície, rápido, poder fechar os olhos e sentir a textura da pelezinha. A viscose do próprio vestido serviu e ela se aquietou um pouco no gesto, mas atrapalhava a barriga tão chapada. Verificou a porta do quarto encostada, relanceou para a porta do armário aberta com o espelho. Ela. De perfil. Pegou a almofada do sofá já testada como a melhor e enfiou por baixo da roupa. Quase perfeito. Myrea ouviu nesse instante um choro de bebê.

Já tinha escutado uma ou duas vezes naquela semana, o que confirmava sua suspeita: um recém-nascido no prédio. Na certa, no apartamento que vinha sendo reformado para receber novos moradores. Muito conveniente haver mais crianças no edifício: companhia no playground, quase a mesma faixa etária.

Voltou ao óleo, depois de tentar fixar na memória a pose refletida ao espelho. Pingou uma gota nas costas da mão e alisou devagar, com o indicador da mão oposta. Era igual a acariciar a pelezinha dele, como se já pudesse ver o rostinho contraído, os olhos desacostumados à luz — por que tanta luz?, ele devia estar se perguntando. Tudo por sentir e aprender, mas também o colo aconchegante da mamãe, que te ama tanto, meu querido bebê, que te ama desde sempre, desde que você era uma boneca e eu era uma menina a te embalar e te dar papinhas de mentira, trocar fraldas limpas, brincando e já te desejando tanto, intuindo a grande missão da minha vida.

Da sala, ouve uma alegria irritante. Mas, de certa forma, um sentimento primitivo como a sua própria felicidade. Primitivos são os homens e seus urros assistindo ao futebol, são os instintos das mulheres predestinadas a parir e criar. João era diferente dela, e assim são os machos; ele era o necessário, a presença masculina afinal. Precisava ter paciência, a paciência secular das mulheres. Mas a invasão do urro na quietude do quarto lembrou-a de que o intervalo estava próximo. Perdera a dimensão do tempo. Mais prudente guardar de vez as compras no armário.

Aproveitou para acomodar na gaveta a roupa de gestante da véspera. Não podia deixar o kit com óleos à vista, na prateleira de cima. Cuidadosamente, abriu a caixa de madeira pousada sobre a prateleira, pesada e grave como são as heranças de família, e acomodou os frascos de óleo junto aos 27 testes de gravidez dobrados um sobre o outro, em ordem cronológica.

Faltariam apenas as lembrancinhas, as que são distribuídas às visitas na maternidade. Os pequenos brindes serviriam tanto em caso de menino quanto de menina — nada de azul ou rosa, assim como foi feito com o enxoval, assim como era antigamente, no tempo em que não existiam aparelhos de ultrassom para desvendar o sexo do bebê, muito menos fertilização in vitro com injeção de espermatozoides. Os espermatozoides representavam a figura masculina. Não se cogitava injetá-los dentro do óvulo nos tempos em que a mulher, em vez de perder uma década de vida em consultórios médicos, sozinha, depositava suas esperanças em orações. Nos bons tempos em que se recorria a rezadeiras ou mesmo a uma cartomante — cartomante que, por sorte, ainda existe nos dias de hoje, até na Barra da Tijuca, e que pode apontar nas cartas o marido, ele, a figura masculina. O indicador ensebado pelo baralho (não pelo óleo do bebê, ela não podia ficar tão confusa) mostrava que a aridez não estava nela, Myrea, mas nele. Nele que se recusou a fazer os exames, que não via sentido naquilo tudo, tantos casais felizes sem filhos — e ela não conseguia enxergar um. Enxergava somente carrinhos de bebês, praticamente tropeçava neles, e por isso aprendera sobre os melhores modelos, sempre importados. Quando comprou foi um problema esconder.

O jantar aconteceu cinco testes negativos depois, uma pilha que mal cabia na caixa que era herança de família. O enxoval, em tons pastel, já estava pronto, mas ela precisou esperar o positivo para convidar Paulo Roberto e a esposa. Cinco meses, apenas cinco, foram o tempo necessário: as duas ou três horas livres da tarde gastas não no shopping, mas da forma recomendada pela cartomante, apenas em hotéis discretos e distantes de casa, como uma bela da tarde. Apenas até o positivo, porque era uma esposa fiel.

    O jantar foi tradicional, nada de menus contemporâneos. Ela programou para a sobremesa, mas acabou contando antes. Precisava explicar o motivo pelo qual dispensaria o tinto da Borgonha, gentilmente trazido pelos convidados.

Tal o pai

Ernesto precisa trocar de carro. Talvez seja a hora de ter um SUV. Sempre que chega à clínica, volta o pensamento. A mulher encharcada de hormônios, falando sem parar e merecendo atenções de grávida, os dois atrasados para a consulta, e ele só consegue reparar na marca dos automóveis enfileirados pelo manobrista. Que carro era aquele no estacionamento? Parecia uma BMW. Mas não era uma BMW. Que coisa a quantidade de modelos novos que as montadoras estão lançando, fica até difícil escolher.

Tenta disfarçar o olhar, prestar atenção no que diz Érica, entender por que a consulta é tão importante, a ponto de ele precisar acompanhá-la novamente, se na prática é ela quem faz as perguntas, e os exames também, óbvio. Sente-se meio tolo ali, calado como se fosse pouco inteligente, imaginando a quantidade de trabalho que se acumula na agência.

É um repeteco. Ele não tem novas perguntas, e a parte financeira está equacionada, pelo menos por enquanto. É a segunda tentativa, o pacote inclui três, com todas as despesas pagas, exceto medicamentos. Dali em diante, é na barriga dela que a criança pode ser gerada, portanto as dúvidas partem da mulher, cheia de reclamações de inchaço — imagina quando for por causa do filho de verdade. Ele já fez a sua parte. Uma situação entre engraçada e constrangedora: a salinha cheia de revistas masculinas, o potinho para encher.

Finge que tenta se adiantar ao manobrista para abrir a porta dela, mas o trajeto serve para identificar a marca da possível BMW. É um Hyundai, quem diria. Mas dessa vez não quer outro carrão parecido com o dos amigos. Anda pensando em algo mais esportivo, próprio para as viagens que farão quando o guri nascer, com espaço para varas de pescar, já que finalmente terá companhia. Isto mesmo: um carro parrudo para encarar estradas, quem sabe consegue dirigir até Porto Alegre numas férias.

O filho. Já pensou bastante nele. É certo desejá-lo. Talvez mais do que Érica, que pensa nele como complemento ao seu pacote de mulher realizada, depois de ter se tornado sócia do escritório. Os planos dela acabaram por mexer nas recordações de infância dele, deu pra lembrar os bons momentos com o pai, quando ainda era casado com sua mãe. A vez que acamparam, os três, em Cidreira volta como em um filme, como nas fotos antigas. Mas épocas e personagens se misturam: ora ele, Ernesto, é o menino com a lanterna na mão, ora assume o papel de pai, ensinando truques para o filho que ainda vai nascer.

Aceitou o tratamento e o investimento de tempo e dinheiro na criança quando teve certeza de não se separar de Érica, como aconteceu com Malu. Nem sabia que queria tanto ser pai, só percebeu quando a nova mulher começou a falar do assunto, da dificuldade para engravidar por causa da idade e do problema no útero. Ele só cogitou filhos lá pelos 30 e poucos anos, quando vários amigos tiveram bebês ao mesmo tempo, e chegou a comparecer, deslocado, a duas ou três festinhas infantis naquela época. Depois trocou de agência, a carreira de publicitário decolou, veio o prêmio em Cannes, e filhos se tornaram um assunto dos outros.

De modo geral, ele gosta da vida de casal sem crianças nem animais de estimação. Ambos são bem-sucedidos profissionalmente, têm liberdade para viajar e experimentar restaurantes. Mas talvez esteja na hora de mudar. Se estabelecer, decorar uma casa na praia, planejar a aposentadoria. Se é para ter uma família de verdade, Érica parece boa escolha, será uma mãe competente, sensata — não passional, como Malu. Érica combina com seus planos para a maturidade. De alguma forma, a dificuldade de engravidar representa um desafio, torna a meta mais excitante.

Por um breve momento fica feliz de estar na clínica. Os clientes que o esperem! Seu projeto agora é um filho, seu garotão. Na primeira tentativa, não se engajou o suficiente. Um filho e um carro esportivo, acrescenta mentalmente, quase digitando o pensamento na mensagem que mandava pelo celular naquele instante. Precisa ter foco. Não adianta ficar de olho em carros de luxo, se está decidido por um SUV. Talvez tenha que abrir mão de alguns confortos: carros esportivos nem sempre têm sensores de estacionamento e luzes automáticas, mas não se pode ter tudo na vida.

Depois do Natal

Tradição. Em nome dela, tantos sacrifícios. Não que fosse de reclamar. Não era mulher de se lamentar por aí, cobrar as renúncias que fez pelos outros. Mas manter a tradição ainda por cima fingindo que é moderninha dá trabalho, trabalho dobrado. Por isso, Norma decidiu: arranjos em vermelho e verde, toalha branca de renda e algumas velas espalhadas pela sala. Estremeceu ao imaginar velas acesas, lembrou-se da alegria infantil que provocam, como se ela própria pudesse ter o impulso de passar o dedo indicador pela chama, como se toda vela redundasse em animadas brincadeiras ou parabéns pra você. As velas, desta vez, apenas combinariam com os enfeites e com a ceia, bem clássica. Nada de sacrifícios adicionais. Seus arroubos culinários, com toques contemporâneos, costumavam ser incompreendidos pelos mais velhos, ou mesmo por Ciro — e ele sabia seu esforço. Remotamente, lembrava-se da própria dificuldade com assados típicos de Natal, que pareciam secos quando servidos ao lado de arroz à grega e farofa. Mas ninguém reclamava, havia o aval da tradição, então ficaria assim mesmo. Melhor do que dar explicações sobre a salada de quinoa com tâmaras, que provocara mais piadas do que elogios no ano anterior.

O cardápio e a decoração, Norma sabia, não tinham a função de agradar a toda a família e facilitar a vida de uma dona de casa tão ocupada. Isso era o que planejava contar aos outros. Antes de eventos sociais, ela costumava ensaiar mentalmente seus comentários agradáveis, que assuntos estimularia nas rodas de conversa, para serem abordados sem riscos de constrangimento. Então ela falaria: "Optei pela tradição", e só depois do Natal todos entenderiam. Mas esperava que Ciro entendesse de imediato. Embora ela tenha concordado com o plano: "Só vamos contar depois do Natal." Dois adultos, pessoas já maduras, são conscientes de que é assim que funciona. Não se estraga uma noite de Natal, e os dois ainda deveriam esperar o ano-novo — mas dentro dela surgia uma vontade, ainda mal reconhecida, de não cumprir essa segunda parte do plano.

Aquela seria a sua noite, a noite de Norma, aquela que fez tudo o que esperavam dela, do cozido português ao feng shui, da ginástica na academia às aulas na Casa do Saber, dos fins de semana no sítio em Itaipava às férias na Disney. A ceia à antiga seria a despedida dela, particular, pois as crianças não notariam algo assim. Talvez nem Ciro percebesse a ironia — e como queria que ele percebesse! Mas ela era uma mulher determinada, adaptável, e às vezes acreditava que tinha a vida toda pela frente. No lugar do fracasso, o caminho desconhecido poderia revelar um novo companheiro (mas onde?), um novo talento intelectual a explorar (mas qual?), ou ao menos novos afetos, amigos condescendentes com sua nova condição, que preencheriam a sua vida de alguma forma ainda desconhecida.

Sentou-se na cadeira da cozinha e fixou os olhos, como se procurasse um ímã em meio à profusão colorida na porta da geladeira. Sentia-se exausta. Não tanto pelo segredo — *só vamos contar depois do Natal* —, mas pelo incessante combate interno à esperança que cismava de brotar enquanto durasse o segredo. Ela poderia acordar daquilo que se revelaria apenas um mal-entendido, e o mundo pareceria seguro novamente.

Antes que a maquiagem estragasse, melhor passar à lista de presentes. Listas a deixavam segura, e ela fazia listas como ninguém. Incomodava-a apenas uma ligeira tristeza quando via os itens riscados nos papéis amarrotados, como se a proeza da tarefa cumprida não se tivesse materializado no sentimento esperado. Até que encontrava algum item ileso, que explicava todo o desconforto, e começava com ele uma nova lista, em papel tinindo de novo.

Achou graça de começar pelos filhos da empregada, e não pelos seus. Eles ainda gostavam de brinquedos? Fez as contas das idades e concluiu que sim. Em algum momento teria que pensar no presente de Ciro, se seria para constar ou para lhe transmitir algum recado. Que ele não entenderia. Ou talvez entendesse, porque era Natal, o último Natal, e a garganta dela começava a se fechar cada vez que lhe surgia a expressão *último Natal*. Tinha que evitar cenas na frente das crianças e da sogra, como um último ato de dignidade, pois lhe corroía imaginar os comentários de dona Ivete quando ela soubesse. E se ele já tivesse contado para a mãe? Não, disso Ciro não seria capaz.

Norma tomaria apenas uma taça de vinho, para manter as emoções sob controle. Se havia algo que aprendera, neste ano e meio de brigas, era o efeito que o álcool provocava às suas mágoas. Falava aquilo que jurara não falar, não de novo, e provocava nele "a ira". Pensando bem, foi assim que tudo se tornou irreversível. Era um pensamento novo sobre a crise no casamento: tudo mudou definitivamente quando "a ira" revelara o desdém que ele era capaz de sentir, e expressar, por ela. A falta de respeito. Não precisava mais dela, por isso cuspia palavras que nunca, jamais, pelo combinado, poderiam ser dirigidas a ela. Ele conseguia bater a porta de casa sem remorsos, e ela já não o reconhecia. A cidade virava um deserto empoeirado, a poeira entrava pelas janelas, fazendo sumir os aniversários filmados e fotografados, fazendo voltar a asma da infância. Asfixia. Houve dias em que se imaginou louca, a louca varrida, repassando cenas e cenas do passado (onde estavam os sinais?), afinal ainda outro dia eram um casal feliz por coisas triviais, como a habilidade em conciliar tradição e modernidade.

Mas e se aquela fosse uma noite feliz? E se ele bebesse uísque, o suficiente para relaxar, e ela esquecesse as listas? Se ela ficasse realmente bonita de vermelho e ele reparasse? E se o Natal com peru e castanhas o fizesse amá-la um pouco, só naquela noite? Isso seria muito bom — pelas crianças, e por ela também.

Mesmo assim, haveria o dia seguinte, o de contar, e agora também Norma desejava uma vida nova. Atraía-a a ideia de ser notada por um rosto estranho, espreitando-a na esquina (mas quem?). Daquela noite, a última noite, queria levar um embrulho, uma caixa com laço de fitas, a recordação de ser amada numa cidade edificada, e ela livre do cheiro talhado que a impregnava neste exato instante.

Copacabana

Ele só tinha a certidão de óbito. Além dos filhos. Filhos dele, sim senhor. Não no nome, mas na prática — inclusive o mais novo é boxeador. Era homem de falar pouco, só o necessário, ainda mais naquela situação, mas mesmo assim se deixou trair pela mania de falar com orgulho do caçula. Boxeador. Continuou explicando: a mulher, companheira por vinte anos (agora ela era um papel, original, plastificado), na fase final estava afastada do trabalho. Tudo sem muita comprovação, constatou o atendente do INSS, analisando o pouco que saía da pasta transparente: a certidão de óbito e uma única carteira de trabalho assinada como caseiro, só a dele, que valia pelos dois empregos domésticos, pelo menos era o que acreditavam.

Já no meu guichê, silêncio. A atendente clicava e clicava com o mouse. Era como se tivesse feito um treinamento para imobilizar todos os músculos da face e do corpo, e concentrar apenas uma dose mínima de energia no músculo exigido para contrair de forma quase imperceptível o indicador direito. Eu poderia encará-la e tentar flagrar uma piscadela, um músculo involuntário, mas me intimidei: a relação de poder já se estabelecera nas duas horas de espera, na mulher passando mal e vomitando quase ao meu lado, nas duas senhas de papel com números e letra — a primeira senha para a fila errada. Minhas duas horas de treino de humildade foram suficientes para eu aprender a esperar — clique, clique, clique — sem encarar, mas não me impediam de ouvir com atenção o atendimento ao lado.

Tiveram cartão de crédito juntos, sim, durante uns anos, mas ele não guardou os boletos, depois que ela... Não sabia muito bem o que fazer, depois que ela... Declaração de cartório só tinha aquela mesmo, não sabia de outra, e o negro alto de carapinha embranquecendo não chegou a compreender que o atendente se referia a uma possível declaração de que viveram juntos. Alguns casais fazem isso, por causa do plano de saúde, ele tentou explicar ainda, antes de ter certeza da inexistência de mais aquele papel.

A rica do posto do INSS de Copacabana — eu — intuía agora que o negro pobre de carapinha branca não precisaria mais de sua ajuda nem de sua indignação, como chegou a cogitar no início. Nenhuma notinha no jornal, nenhum flagrante no YouTube. O atendente estava realmente se esforçando. Depois de alguns suspiros, garantia-lhe que tudo ia dar certo. A rica só precisava esperar a sua robotizada atendente particular parar de clicar para, enfim, cuidar de sua questão menor e particular: um câncer. Quando a atendente explicou que a demora acontecia por causa da mudança de endereço no cadastro, que ainda constava como São Paulo, a rica percebeu que usava um casaco comprado na cidade onde morou por sete anos, onde fez o pé-de-meia que a deixou mais rica, e que o casaco de caimento perfeito contribuía para toda a sua riqueza explodir tão visível no guichê 18.

Pensei no Chico Buarque: a culpa/consciência da riqueza-pobreza ultrapassando gerações na família brilhante, pensamento crítico e poesia, casa-grande e meu guri. E eu naquela situação, meio intelectual e meio de esquerda, tentando um dinheirinho do INSS. Tinha direito, precisava elaborar mais sobre isso. Mas que merda estar ali disputando senha, atendente e auxílio-doença com quem nasceu predestinado à doença e ao auxílio, sabe-se lá ainda por quantas gerações futuras de bolsa-família.

Os garotos do negro da carapinha grisalha, e não exatamente branca, já estavam grandes, sabe? Mesmo assim ele precisava daquele benefício. Tinha direito, pensei. Fui invadida pela alegria de acreditar que o atendente faria de tudo para comprovar a história dele, e que bom que o PT está no governo — preciso colocar no Facebook que sou a favor das cotas.

Cadastro refeito. Pelo menos o endereço não era avenida Atlântica. Saí do guichê para nova espera, a da minha comprovação. Exames de imagem, muitos, em pastas grandes de papelão. Laudo da patologia, relatório médico, sutiã pós-cirúrgico com colchetes por baixo da camisa de abotoar, e a terceira senha do dia (lembrando que a primeira fora equivocada). Meus olhos estavam bem pequenos e avermelhados. Sem rímel, sem anel, tudo pensado para não parecer rica (mas fui me esquecer do casaco, porque fazia frio em Copacabana).

Mais tarde, eu perceberia que tudo de que precisava para penetrar a crosta da médica de meia-idade — também ela sem músculos visíveis na face — eram meus olhos pequenos das três horas de espera imersa na dor do mundo. A jornalista rica que entrou na sala da perícia do INSS tinha os olhos pequenos não pela falta de maquiagem — artifício usado por anos para aumentá-los —, lápis preto e rímel — um dia aprendo a esfumaçar. Estavam apequenados pela dor do mundo, a dor do outro, a dor que deveria apenas atravessar aquele olhar, de passagem, para prosseguir seu eterno percurso. Mas não, ela entalou, permaneceu, e só conseguiria se desvencilhar lubrificada por algumas lágrimas, já em casa. Talvez a médica tenha relacionado os pequenos olhos vermelhos ao câncer, devidamente comprovado por camisa botão sutiã colchete cicatriz, tudo muito fácil de ver. O que a gente chama de evidência é justamente o que é visível, como indica a etimologia da palavra.

Mais tarde ainda, quando recebi a concessão do auxílio-doença pelos Correios, fiquei relembrando as frases ditas naquele estranho consultório, imenso e metálico, e imaginando a piedade da médica diante da rica que tentava negar a própria doença, apesar de tanta comprovação. "Claro que não vou precisar de quimioterapia, só de radioterapia. Não tive metástase nem essas coisas não, ora essa." E a médica, treinada para detectar fraudes depois de décadas de rombos e escândalos na Previdência Social, atestou a necessidade de um afastamento maior, quem sabe para tratamento psicológico. Eis uma boa estratégia para roubar a Previdência: inventar uma personagem que precisa — mas nega precisar — de auxílio.

Naquele dia, fingi ter tido o câncer que deveras tive, o negro fingiu viver o desamparo que deveras vivia, a mulher que vomitou fingiu estar doente como deveras estava. Naquela noite, fui dormir pensando no orgulho de ter um filho boxeador.

Este livro foi composto na tipologia Minion
Pro Regular, em corpo 12,5/18, e impresso em
papel off-white no Sistema Digital Instant Duplex
da Divisão Gráfica da Distribuidora Record.